Brigitta Rudolf

Engel trifft man überall…

Brigitta Rudolf
Engel trifft man überall…

© 2025 Brigitta Rudolf
Verlag:
BoD · Books on Demand GmbH,
Überseering 33, 22297 Hamburg,
bod@bod.de
Druck: Libri Plureos GmbH,
Friedensallee 273, 22763 Hamburg
ISBN: 978-3-7460-1385-5

MIX
Papier aus verantwortungsvollen Quellen
Paper from responsible sources
FSC® C105338

Liebe Leserinnen und Leser!
Ich liebe diese geheimnisvolle und
wunderschöne Vorweihnachtszeit sehr.
Daher hat es mir viel Freude bereitet, noch
einmal vierundzwanzig Geschichten zu
erfinden, die in dieser Jahreszeit
angesiedelt sind. In mehreren dieser
Geschichten, und das ist Absicht, spielen
auch unsere geliebten Haustiere eine Rolle.
In diesem Sinne wünsche ich Ihnen immer
wieder eine gemütliche Adventszeit und ein
frohes Weihnachtsfest.
Herzlichst
Ihre Brigitta Rudolf

Besuch auf dem Martinsmarkt

Die Zwillinge Mirka und Lennart freuten sich auf den Klassenausflug. So wie alle anderen Kinder standen sie am Morgen aufgeregt auf dem großen Parkplatz vor ihrer Schule und warteten auf den Bus. Ihre Lehrerin, Frau Henning, hatte Mühe ihre Rasselbande zur Ruhe zu bringen. Nur gut, dass sich einige Mütter bereit erklärt hatten, an diesem Ausflug teilzunehmen. Es sollte zum Martinsmarkt in der Kreisstadt gehen. Endlich rollte der bestellte Bus auf den Platz, und alle drängten zur Tür, um die begehrtesten Plätze für sich zu reservieren. Nachdem alle Kinder einen Sitzplatz gefunden hatten, konnten sie starten. Kaum war der Bus losgefahren, griff Frau Henning zum Mikrophon, um die Anweisungen, die sie den Schülern schon am Tag zuvor gegeben hatte, noch einmal zu wiederholen. Dann teilte sie die Gruppen ein, so dass jedes Kind wusste, mit welcher Mutter es über den Markt gehen würde. Lennart, Mirka, Jana und Timo durften mit Frau

Henning selbst die Stände anschauen. Etwa eine Stunde später waren sie am Ziel. Noch einmal die Ermahnung an alle, in der Nähe der Erwachsenen zu bleiben, und dann durften sie ausschwärmen.

Auf der großen Festwiese am Fluss, vor den Toren der Stadt, waren viele bunte Stände aufgebaut. Natürlich gab es bereits etliche weihnachtliche Leckereien wie Lebkuchen, Waffeln und vieles mehr, und überall duftete es nach dem Tannengrün, mit dem die meisten Stände geschmückt waren. Ein Karussell drehte sich, und mehrere Händler boten auch kunsthandwerkliche Dinge an. Eigentlich hatten die Zwillinge vor, hier für ihre Mutter ein Weihnachtsgeschenk zu kaufen, so wie zum Beispiel einen der hübschen getöpferten Teebecher mit ihrem Namen, so hatte Mirka vorgeschlagen.
„Ach, lass uns doch erst mal alles ansehen, bevor wir uns entscheiden", schlug Lennart vor, und seine Schwester stimmte ihm zu.
Also zog die kleine Gruppe zunächst weiter.

„Es gibt hier einen kleinen Viehmarkt, wollt Ihr Euch da auch umschauen?", fragte Frau Henning.

„Oh ja bitte", rief Jana begeistert. Sie war eine große Tierfreundin, und zuhause wartete ihre Hündin Hexe auf sie.

„Klar, auf jeden Fall", meinte auch Timo.

Die Zwillinge wollten die Tiere natürlich auch gern ansehen, also marschierten sie zunächst dorthin. Es gab mehrere kleine Hunde, zwei Ponys, einen Pferch, in dem sich Kaninchen tummelten, und etliche Hühner verschiedener Rassen konnte man auch kaufen. Ganz am Ende des Platzes, etwas abseits, stand ein Käfig in dem eine einzelne Gans saß. Die erregte sofort Lennart´s Aufmerksamkeit.

„Schaut mal, sie hat so große, ängstliche Augen!", meinte er.

„Kein Wunder, so allein in einem engen Käfig zu sitzen, das ist bestimmt kein Spaß!", antwortete Jana mitfühlend. Direkt daneben stand ein Mann, der Lose verkaufte.

„Wollt ihr welche kaufen? Die Gans ist der Hauptgewinn! Dann könnt Ihr Euch bald

über einen leckeren Gänsebraten freuen",
erklärte er den entsetzten Kindern. Sofort
wurden Mirka und Jana ganz blass.

„Nein, das geht doch nicht!", empörte sich
auch Timo, und Lennart nestelte sofort sein
Taschengeld, das er für den Besuch des
Martinsmarktes bekommen hatte, aus seiner
Hosentasche. Dann entschied er: „Mama´s
Weihnachtsgeschenk muss warten, ich kaufe
lieber Lose!"

Frau Henning tat das offenbar jetzt schon
verängstigte Tier ebenfalls sehr leid, aber sie
ahnte, dass die Eltern der Zwillinge ganz
bestimmt nicht begeistert wären, wenn sie
mit einer lebendigen Gans nach Hause
kommen würden. Also versuchte sie den
Kindern ihr Vorhaben auszureden, aber da
war absolut nichts mehr zu machen, denn
alle Kinder, außer Lennart standen nun vor
der Gans und versprachen ihr das Leben. Es
war zu rührend, und ehe sie einschreiten
konnte, hatte Lennart dem Losverkäufer
bereits einen Fünf-Euro-Schein gegeben und
zog ein Los nach dem anderen aus dessen
Körbchen. Er gewann tatsächlich eine Tafel

Schokolade, eine Tüte mit Waffeln und Seifenblasen, die restlichen Lose erwiesen sich als Nieten.

„Das ist Pech, aber noch mehr Geld gibst Du jetzt nicht aus, Lennart", befahl Frau Henning in ungewohnt strengem Ton.

„Aber ich muss doch die Gans retten!", beharrte der Junge auf seinem Vorhaben. Auch Mirka, Timo und Jana hatten inzwischen mehrere Lose gekauft und einige Kleinigkeiten gewonnen, aber auch hier war der Hauptgewinn natürlich nicht dabei.

Traurig sahen die Kinder sich an.

„Hören Sie, jetzt ist aber Schluss damit, dass Sie meinen Schülern das Geld aus der Tasche ziehen!", beschimpfte Frau Henning den Mann. Mirka hatte inzwischen ganz leise zu weinen begonnen und Jana verzog ebenfalls ihr Gesicht und schluchzte mit.

„Wir haben ihr doch schon einen Namen gegeben – sie soll Lulu heißen und nicht gebraten werden!", stammelte sie unter Tränen, und die Jungen nickten dazu. Währenddessen verfolgte die Gans weiterhin aufmerksam mit großen, angstvollen Augen das Geschehen, und ab und zu schnatterte sie leise. Man konnte fast den Eindruck gewinnen, dass sie wusste, dass sich in diesem Augenblick ihr weiteres Schicksal entscheiden würde. Auch für den Losverkäufer wurde die Situation langsam ungemütlich. Er sah in vier, nein, mit der Lehrerin waren es sogar fünf entsetzte Augenpaare, die ihn flehentlich fixierten. Schließlich gab er sich einen Ruck.

„Na gut, ich kann noch mal eine andere Gans vom Bauern holen – nehmt sie in Gottes Namen mit, aber gleich, ehe ich es mir anders überlege!", brummte er, und sogar Frau Henning ertappte sich in dem Augenblick dabei, wie sich eine kleine Träne in ihre Augen stahl. Sofort versiegten die Tränen der Mädchen, und auch die beiden Jungen brachen in lauten Jubel aus.

„Dankeschön, vielen, vielen Dank!", brachte Lennart noch mit Mühe heraus, bevor er sich den Käfig mit Lulu schnappte.

„Hoffentlich ist unser Busfahrer in der Nähe, dann können wir die Gans dalassen. Wir können sie doch schlecht über den ganzen Markt mitschleppen", sorgte sich Frau Henning, als sie zum Bus zurückgingen. Sie hatten Glück, Herr Brandt war dort. Er war sichtlich erstaunt über diesen zusätzlichen Fahrgast, versprach aber für Lulu noch ein Plätzchen zu finden, nachdem er von den Kindern die Geschichte ihrer Rettung gehört hatte.

„So, jetzt wollen wir uns aber die anderen Stände wenigstens noch kurz anschauen", bestimmte Frau Henning
„Was Mama und Papa wohl dazu sagen werden, wenn wir ihnen Lulu mitbringen?" überlegte Mirka - nun doch etwas bang.
„Ach, die sind doch tierlieb und werden sich bestimmt freuen", beruhigte ihr Bruder sie. Als die Kinder zwei Stunden später alle wieder im Bus saßen, Lulu´s Käfig hatte im Gepäckraum einen Platz gefunden, machte die Geschichte natürlich erst mal die Runde. Selbstverständlich wollten alle Kinder Lulu gleich bewundern. Das hatte Herr Brandt schon vorausgesehen und sie deshalb im Gepäckraum untergebracht.

„Wenn wir zurück sind, dann könnt Ihr alle Lulu anschauen", versprach Frau Henning ihren Schülern. Danach durfte jedes Kind erzählen, was ihm auf dem Martinsmarkt am besten gefallen oder was es gekauft hatte. So verging die Rückfahrt wie im Flug, und als sie wieder an der Schule ankamen, warteten schon die Eltern um ihre Sprösslinge in Empfang zu nehmen.

Statt ihrer Eltern war die Oma von Mirka und Lennart gekommen, um sie abzuholen. Beide Enkel stürmten gleich auf sie los und plapperten gleichzeitig, um ihr von Lulu zu berichten.
„Langsam Kinder, ich verstehe ja kein Wort!", versuchte sie die beiden zu bremsen. Sie staunte nicht schlecht, als der nette Busfahrer, Herr Brandt, den großen Käfig mit der lebenden Gans vor ihr abstellte.
„Wir möchten unsere Lulu unbedingt behalten, Oma, Du musst uns helfen, bitte, bitte", so bettelten Mirka und Lennart gleichzeitig. Währenddessen standen fast alle anderen Kinder um sie herum, um Lulu

nun endlich kennenzulernen. Auch ihre Klassenlehrerin war hinzugetreten und erklärte, dass sie wirklich machtlos gewesen war, und diese Situation nicht hatte verhindern können. Aber unterwegs war ihr eine Lösung des Problems eingefallen.

„Wenn Sie die Gans zuhause nicht behalten wollen oder können, dann bringen sie Lulu doch zum Laurentius-Hof. Der ist ganz in der Nähe. Das ist zwar eigentlich ein Gnadenhof für alte und kranke Tiere, aber da wird Lulu sicher unterkommen, und Ihr könnt sie bestimmt ab und zu da auch besuchen", schlug sie vor.

„Das ist eine gute Idee, ich denke, so machen wir es", stimmte Oma Erna erleichtert zu. Sie konnte ihre Enkel ja nur zu gut verstehen, und um ehrlich zu sein, sie aß auch gern Gänsebraten, aber in diesem Fall sah die Sache etwas anders aus – Lulu sollte leben, das fand sie auch!

Nachbarschaftshilfe

Ihre Vierer-Wohngemeinschaft hatte sich bewährt, zwei Männer, zwei Frauen, aber keine Pärchenbildung. Seit Sandra vor einigen Monaten ausgezogen war um zu heiraten, war Konstanze zu ihnen gestoßen, und auch mit ihr kamen alle prächtig aus. Zusätzliche Pluspunkte hatte sie gesammelt, als sie alle anderen WG-Mitglieder, kurz nach dem Einzug, mit einem wirklich leckeren Abendessen zu ihrem Einstand überrascht hatte. Kochen sei ihr Hobby, hatte sie anschließend verraten, und so waren alle begeistert, als Konstanze sich bereit erklärte, auch am Heiligen Abend für die Bewirtung zu sorgen.

„Ich mache meinen Spezialauflauf, den gab es früher zu Weihnachten immer bei meinen Eltern", schlug sie vor, und damit waren alle einverstanden. Ansgar, der sich gelegentlich auch gern in die Küche stellte, er liebte vor allem die süßen Sachen, bot daraufhin an, sich um den Nachtisch zu kümmern. So weit, so gut.

So werkelten Ansgar und Konstanze, am späten Nachmittag des Heiligen Abends, einträchtig eine Weile zusammen in der Küche, während Louis und Tessa sich bemühten, ihr gemeinsames Wohnzimmer weihnachtlich herzurichten und den Tisch zur Feier des Tages festlich zu decken. Tessa hatte eigens dafür Kerzen und weihnachtliche Servietten gekauft, die holte sie jetzt hervor. Louis hatte eine kleine Tanne besorgt, und er und Tessa waren gerade dabei sie zu schmücken, als Ansgar ins Zimmer stürzte und atemlos verkündete: „Ich fürchte, unser Hauptgang fällt aus, der Backofen hat eben seinen Geist aufgegeben. Konstanze sitzt in der Küche und heult."

„Was, das gibt´s doch gar nicht, gerade heute; verflixt noch mal!", schimpfte Tessa, und lief sofort in die Küche, um sich die Sache selbst anzuschauen.

„Hast Du mal nach den Schaltern im Zählerkasten geguckt, vielleicht ist ja nur eine Sicherung rausgeflogen", erkundigte sich Louis bei Ansgar.

Der winkte nur lässig ab: „Klar, aber da war alles in Ordnung. Es ist nix mehr zu machen, das alte Ding ist absolut fertig mit der Welt – tut mir leid!"

Währenddessen tröstete Tessa in der Küche die unglückliche Konstanze.

„Mach Dir nichts daraus, der alte Ofen hatte schon länger seine Macken, wir wussten, dass wir ihn früher oder später sowieso hätten austauschen müssen."

„Ja, das weiß ich, trotzdem", schluchzte Konstanze, „aber ich habe mir mit dem Rezept so viel Mühe gegeben, und jetzt kann ich womöglich alles in die Biotonne kippen. Außerdem, was essen wir denn stattdessen?"

Tessa wusste, es war nicht nur der Auflauf, um den Konstanze weinte, es war auch das Heimweh nach vielen früheren gemütlichen Weihnachtsfesten zuhause.

Liebevoll legte sie den Arm um die Schulter ihrer Mitbewohnerin und sagte mitfühlend: „Ach, das macht doch nichts, irgendein Imbiss wird wohl auch heute noch offen haben – vielleicht der Chinese?"

Ansgar und Louis waren inzwischen auch in die Küche gekommen und versuchten ebenfalls die arme, unglückliche Konstanze aufzuheitern. Es war schließlich nicht ihre Schuld, dass der alte Ofen ausgerechnet heute beschlossen hatte, seine Pflicht und Schuldigkeit endgültig getan zu haben.

„Wir stellen Deinen Auflauf erst mal in den Kühlschrank, vielleicht hält er sich ja bis nach den Feiertagen. Dann kümmere ich mich gleich um einen neuen Backofen", versprach Ansgar.

Konstanze nickte nur, was blieb ihr auch anderes übrig. Während sie gemeinsam beratschlagten wo einer der Männer etwas zum Essen holen sollte, hatte Tessa eine bessere Idee. Wozu hatte man schließlich Nachbarn. -

„Wisst Ihr was, ich klingele mal kurz bei den Grothes nebenan, vielleicht können die unseren Auflauf bei sich in den Ofen schieben."

„Super, das wär´s doch!", pflichtete Ansgar ihr sofort bei. „Bei denen habe ich mir schon mal eine Tasse Zucker oder ein paar Eier geliehen, das sind nette Leute. Warte, ich komme mit, mich kennen sie ja schon ganz gut".

„Ich stehe auch mit allen Nachbarn auf Grüßfuß, aber klar komme ich mit, das kann nicht schaden", bekundete Tessa ihr Einverständnis, und schon waren die beiden verschwunden.

„Das ist doch eine Zumutung, gerade heute", sorgte sich Konstanze.

„Nein, das ist ein kulinarischer Notfall, mein liebes Mädchen", beruhigte Louis sie. Nur wenige Minuten später waren Tessa und Ansgar zurück.

„Die Grothes haben leider selbst eine große Gans im Backofen, sie erwarten ihre beiden Elternpaare zu Besuch, aber sie haben uns zu dem alten Herrn Roth geschickt. Das ist der nette ältere Herr aus dem zweiten Stock. Der macht für sich allein ganz sicher keinen großen Braten oder so etwas in der Art, bei dem sollten wir mal nachfragen, hat Frau Grothe gesagt."

„Seid Ihr etwa dahingegangen?", fragte Konstanze entsetzt.

„Klar doch!", grinste Ansgar und fuhr fort: „Er war sogar begeistert uns aus der Patsche helfen zu können. Er ist Weihnachten immer allein, hat er gesagt, das wäre doch mal eine Abwechslung für ihn. Wir sollen sofort mit dem Auflauf rüberkommen, wie lange muss der denn ins Rohr? Den Backofen hat er auch gleich angestellt."

„So etwa eine Stunde bei 220 Grad, denke ich", hauchte Konstanze schwach.

„Wisst Ihr was, es ist doch sicher genug da, ich finde, wir sollten den alten Herrn für seine Hilfsbereitschaft nachher zum Essen einladen!", schlug Louis vor.

„Das ist eine gute Idee, das machen wir. Ich lege sofort ein Gedeck mehr auf, und einer von Euch bringt den Auflauf rüber", bestimmte Tessa.

„Geht klar", salutierte Ansgar, schnappte sich die Schüssel und verschwand. Als er zurückkam, berichte er, dass Herr Roth sich über die Einladung tüchtig gefreut habe und sie gern annehmen würde.

„Na also, dann haben wir heute ja sogar durch unser Pech noch ein gutes Werk getan", freute sich Tessa.

Es wurde ein sehr gelungener Abend, denn das Festessen schmeckte allen bestens, und der freundliche Herr Roth erwies sich sogar als begnadeter Unterhalter. Als er sich später verabschieden wollte, beschlossen alle, dass dies nicht der letzte Abend sein sollte, den man gemeinsam verbracht hatte.
„Wie schön, wenn man so nette Nachbarn im Haus hat", meinte Konstanze.
Nach diesem Abend fühlte sie sich endlich richtig wohl in ihrem neuen Zuhause.

Weihnachten im Schuhkarton

Genau diese Aktion war es, die Olga eines Tages auf die Idee brachte, sich für die Kinder in ihrer alten Heimat in Russland zu engagieren. Weihnachtsgrüße, die in einen Schuhkarton passten, mit so wenig Aufwand so viel Freude machen zu können, das war eine ganz wunderbare Sache, fand sie. Olga und Igor waren als Kinder mit ihren Eltern nach Deutschland gekommen, und in Russland gab es zwar noch immer einige entfernte Verwandte, allerdings war der Kontakt zu ihnen inzwischen recht spärlich geworden. Er beschränkte sich in der Regel auf ein Päckchen zu Weihnachten und ab und schrieben sie den Leuten dort eine Karte zum Geburtstag, auf die allerdings nur sporadisch eine Antwort kam. Das Leben dort hatte eben ganz andere Dimensionen. Aber ihre Idee ließ Olga keine Ruhe, und Igor stimmte ihren Plänen sich darum zu kümmern gleich vorbehaltlos zu. Die beiden wünschten sich schon lange ein Kind, bisher leider vergeblich, vielleicht war sie deshalb schon im Sommer auf diesen Gedanken gekommen, das vermutete Igor jedenfalls. Olga beschloss, ihre Cousine Tatjana zu kontaktieren und sich bei ihr zu erkundigen, ob es eventuell in der Nähe ein Waisenhaus gab, das man unterstützen konnte. Deshalb setzte sie sich hin und schrieb an Tatjana. Unerwartet schnell kam die Antwort. Die Leiterin des Waisenhauses, das sie ausfindig gemacht hatte, hieß Frau Poltowa. Sie würde sich sehr freuen, wenn Olga und Igor sich bei ihr melden würden. Tatjana schrieb weiterhin, dass auch sie sehr glücklich wäre, die beiden einmal wiederzusehen, falls Igor und Olga tatsächlich selbst nach Russland kommen sollten.

Olga war in den letzten Wochen nicht untätig geblieben und hatte etliche ihrer Freunde, Nachbarn und auch einige Arbeitskollegen für ihr geplantes Projekt gewinnen können. Daher lagerten bereits viele Sachspenden in ihrem geräumigen Keller. Kinderkleidung in verschiedenen Größen, Handtücher, Putzmittel und sogar

Konserven hatte sie erhalten. Nachdem sie von Frau Poltowa eine Liste mit den Namen ihrer Schützlinge sowie deren Alter erhalten hatte, konnten ihre Helfer sich danach jeweils ein Kind aussuchen, für das sie gern ein Päckchen packen wollten. In dem Waisenhaus wurde wirklich alles gebraucht, das hatte die Heimleiterin durchblicken lassen.

Nachdem sich Igor zunächst einmal, um die Einreiseformalitäten gekümmert hatte, was gar nicht so einfach gewesen war, konnten Olga und er einige Tage vor Weihnachten ihr Auto vollpacken und sich auf den Weg machen. Dafür hatten beide einen Teil ihres Jahresurlaubs aufgespart. Es war eine lange und anstrengende Fahrt, und sie waren heilfroh, als sie endlich dort ankamen. Schnell hatten sie in dem verschlafenen kleinen Ort das Waisenhaus gefunden. Die Heimleiterin empfing das Paar aus Deutschland sehr herzlich und bot ihnen gastfreundlich auch eine Schlafgelegenheit an, die Olga und Igor allerdings ablehnten, da sie von Tatjana erwartet wurden. Frau Poltowa staunte über die vielen Dinge, die ihre Gäste aus dem Auto holten. Einige Kinder hatten ihre Ankunft natürlich bemerkt, wurden aber von Frau Poltowa schnellstens wieder fortgeschickt, denn die vielen bunt verpackten Weihnachtspäckchen sollten doch eine Überraschung bleiben. Olga schluckte, als sie bemerkte, wie ärmlich die Kinder gekleidet waren. Sie und Igor waren gewiss nicht reich, aber eine solche Armut, die kannte man bei ihnen in Deutschland kaum. Sogar Igor, der längst nicht so empfindsam war wie seine Frau, fiel das gleich auf. Morgen war Heiligabend und er freute sich riesig darauf, einmal selbst den Weihnachtsmann spielen zu dürfen!

Nachdem sie alle mitgebrachten Sachen ausgeladen und die hübsch verpackten Geschenkpäckchen vor den neugierigen Kinderaugen in Sicherheit gebracht hatten, lud Frau Poltowa ihre Gäste sehr freundlich zum Abendessen ein.

„Kommen Sie, dann stelle ich Ihnen unsere Kinder vor", bat sie so herzlich, dass Olga und Igor es ihr nicht abschlagen mochten. Dann ertönte der Gong, und die Kinder kamen aus ihren Zimmern in den großen Speisesaal, um sich dort zu der abendlichen Mahlzeit zu versammeln. Einige der Jüngsten wurden von ihren Erzieherinnen hereingebracht. Eine der Damen hielt einen blonden kleinen Jungen an der Hand, als sie den Speisesaal betrat. Als der Kleine Olga sah, wurde er blass und riss sich von der Hand seiner Erzieherin los. Dann stürzte er, so schnell ihn seine kleinen Beinchen trugen, auf Olga zu und stammelte atemlos: „Mama, Mama!"

Dabei klammerte er sich so fest er konnte an sie und begann haltlos zu schluchzen. Olga beugte sich zu ihm hinunter und nahm ihn auf den Arm. Bei dieser rührenden Szene schossen auch Igor Tränen in die Augen, die er sofort verstohlen wegwischte.

„Tatsächlich, hat Ihre Frau eine gewisse Ähnlichkeit mit seiner Mutter, das muss man sagen", stellte Frau Poltowa fest, während sie versuchte, Olga den Kleinen abzunehmen. Allerdings ohne Erfolg, denn der klammerte sich nur umso fester an seine vermeintliche Mama, gerade so, als wolle er sie nie mehr loslassen. Er gab erst Ruhe, als man ihm versprach, er dürfe während des Abendessens auf ihrem Schoß sitzen bleiben. Der Knirps hieß Michail und war zweieinhalb Jahre alt, erfuhren Igor und Olga. Michail schmiegte sich ganz fest an Olga und ließ sie nicht aus den Augen, während sie ihn fütterte. Ab und zu strich sie ihm dabei zart über seine Wange und jedes Mal, wenn sie es tat, strahlte er sie dankbar und glücklich an. Auch später, nach dem Abendessen, weigerte er sich strikt, sich von jemand anderem anfassen zu lassen. Als es Zeit für ihn wurde, zu Bett gebracht zu werden, begann er erneut zu weinen und beruhigte sich erst, als man ihm versprach, dass Olga auch am nächsten Tag wieder herkommen würde. Mit Tränen in den Augen sah auch Olga ihm gedankenvoll nach. Dann wurde es für sie und Igor allerhöchste Zeit sich zu verabschieden, denn Tatjana wartete inzwischen sicher schon ungeduldig auf sie.

Als Olga und Igor endlich bei ihr ankamen, war es schon sehr spät geworden, aber der Wiedersehensfreude tat das keinen Abbruch. Als Kinder hatten sich Olga und Tatjana zuletzt gesehen, aber es war vom ersten Augenblick an so. als wären sie nie getrennt gewesen. Sie hatten sich viel zu erzählen, und Olga berichtete ihrer älteren Cousine natürlich auch von der Begegnung mit Michail.

„Stell Dir vor, ich soll seiner Mama ähnlich sehen", erzählte sie Tatjana.

„Ich kann mir sehr gut vorstellen, dass er gedacht hat, sie ist zurückgekommen, der Arme!", sagte Tatjana mitleidig.

Sie verstand nur zu gut, dass es vor allem diese Begegnung war, die ihre Gäste sehr aufgewühlt hatte.

Nachdem Olga und Igor sich zurückgezogen hatten, fanden beide keine Ruhe, sondern wälzten sich schlaflos hin und her. Bis Igor es schließlich doch wagte seine Frau anzusprechen, indem er fragte: „Kannst Du auch nicht schlafen?"

„Nein, ich muss immer an die Kinder denken, vor allem an Michail!", gab sie zu.

„Mir geht es nicht anders."

„Er ist doch noch so klein, er braucht eine Mama!", flüsterte Olga erstickt.

Igor nahm sie tröstend in die Arme und wiegte sie sacht hin und her, bevor er antworte: „Eine richtige Familie wünscht sich jedes Kind hier, und wir können nicht allen helfen, aber Michail, den könnten wir doch adoptieren, was meinst Du?"

„Igor, ist das wirklich Dein Ernst? Daran hatte ich auch schon gedacht", bekannte Olga.

„Er wird sich sicher schnell bei uns eingewöhnen, aber wir sind ja noch einige Tage hier, wir sollten uns alle erst noch ein wenig besser kennenlernen, bevor wir uns endgültig zu so einem Schritt entschließen", schlug Igor vor.

Damit war Olga zunächst einverstanden, wandte allerdings ein, dass sie vorher gern noch mit Tatjana darüber reden würde.

„Das sollten wir auf jeden Fall, sie wird uns gegebenenfalls auch bei den Formalitäten hier vor Ort zur Seite stehen müssen", stimmte Igor zu.

Er hatte den kleinen Mann, ebenso wie Olga, schnell ins Herz geschlossen. Sie wünschten sich doch schon lange ein Kind – warum also nicht Michail.

Am nächsten Morgen sprachen sie mit Tatjana über ihren Plan. Die riet ihnen natürlich nichts zu überstürzen, sicherte ihnen aber grundsätzlich jede nur mögliche Unterstützung zu, wenn sie sich dazu entschließen sollten, Michail tatsächlich eines Tages zu sich zu holen.

Zum Weihnachtsfest sind selbstverständlich alle Kinder vor der Bescherung aufgeregt. Es summte und brummte in allen Räumen des Waisenhauses, ähnlich wie in einem Bienenstock, so kam es Igor vor, als er mit Olga das Haus betrat. Vor lauter Aufregung hatte Michail gar nichts gegessen, stürzte aber gleich wieder in Olgas Arme, sobald er sie sah. Er plapperte glücklich vor sich hin und zog sie hierher und dorthin. Zwar verstand Olga kaum ein Wort von dem was er ihr erzählte, aber offenbar brauchten die beiden keine Sprache um sich miteinander zu verständigen, dachte Igor amüsiert. Aber Michail hatte auch verstanden, dass Igor zu Olga gehörte, denn nur wenig später brachte er stolz seinen alten, und bereits sehr abgeliebten Teddybären her, um ihn den beiden zu zeigen. Das war offenbar sein Lieblingsspielzeug, womöglich sogar sein einziges, dachte Igor gerührt, als er sah, dass Michail den Teddy einmal kurz und fest an sich drückte, bevor er ihn Olga und ihm präsentierte.

Endlich war es soweit, direkt nach dem Mittagessen wurde der große Speisesaal abgeschlossen, damit die Erzieherinnen darin ihre Weihnachtsvorbereitungen treffen konnten. Während dieser Zeit konnten Olga und Igor, zusammen mit Michail, einen

Spaziergang durch den Ort machen. Am späten Nachmittag klingelte das Glöckchen, die breite Flügeltür ging auf, und die Kinder, die sich schon ungeduldig davor versammelt hatten, durften nun endlich den Raum betreten. Frau Poltowa hatte mit ihren Mitarbeiterinnen einen hohen Tannenbaum aufgestellt, der mit bunten Kugeln und brennenden Kerzen geschmückt war. Darunter waren sorgsam die liebevoll verpackten Päckchen aufgestapelt, die Igor und Olga mitgebracht hatten. Auf den langen, zur Feier dieses Tages weiß eingedeckten Tischen, lag für jedes Kind an seinem Platz ein kleines Päckchen, und dazwischen standen auch einige Teller mit selbst gebackenen Keksen. Frau Poltowa hatte Igor und Olga vorgeschlagen, die von ihnen mitgebrachten Geschenke persönlich zu übergeben, und natürlich hatten sie gern zugestimmt. So rief Frau Poltowa die jeweiligen Namen der Kinder auf und bat sie nach vorn zu kommen, damit Olga oder Igor ihnen das für sie bestimmte Päckchen überreichen konnten. Überall blickten sie in vor lauter Glück überraschte, strahlende Gesichter. Das allein war schon die beschwerliche Reise wert gewesen, und sozusagen selbst als Weihnachtsmann zu fungieren, das war einfach unschlagbar, fand Igor. Michail war während der ganzen Zeit nicht von Olgas Seite gewichen und verfolgte alles mit vor Staunen weit aufgerissenen Augen. Als er sein Päckchen erhielt, durfte er es, auf Olgas Schoß sitzend, auspacken. Ein neuer Schlafanzug, ein Pullover und ein Stofftier zog er jubelnd daraus hervor. Natürlich enthielten alle Päckchen zur Freude der Kinder auch einige Süßigkeiten.

Mit dem Kind auf dem Schoß blühte seine Frau regelrecht auf, das war für Igor unverkennbar. Olga und er würden ihren nächtlichen Entschluss, Michail so bald wie eben möglich zu sich zu nehmen sicher durchsetzen, ganz egal wie schwierig die erforderlichen Behördengänge in dieser Angelegenheit auch sein mochten! Gleich nach den Feiertagen wollte Igor mit Olga ins

Rathaus gehen und sich nach den erforderlichen Formalitäten für so eine Auslandsadoption erkundigen. Vielleicht konnte ihnen auch Frau Poltowa einiges dazu sagen. Dank Michail würden sie eine richtige kleine Familie werden, der sicher noch viele wunderbare Weihnachtsfeste bevorstanden!

Ein seltsames Christkind

Ganz so wie in allen anderen Häusern der St. Jacobus-Gemeinde herrschte auch im Pfarrhaus schon große Vorfreude auf das kommende Weihnachtsfest. Der junge Pfarrer Voß war erst vor kurzem hierher versetzt worden; um genau zu sein, war das seine allererste eigenständige Pfarrstelle. Deshalb wollte er nun auf sein erstes Weihnachtsfest hier ganz besonders gut vorbereitet sein und er hatte lange an seiner Predigt für den Heiligen Abend gefeilt, bis er endlich damit zufrieden war. Seine Haushälterin ihrerseits hatte bereits tagelang verschiedene Kekssorten gebacken, das Pfarrhaus gründlich geputzt und sich auch etliche Gedanken über das weihnachtliche Festmenü gemacht. Einige ehrenamtliche Damen aus ihrer Gemeinde hatten die altehrwürdige Kirche emsig auf Hochglanz gebracht und auch entsprechend festlich hergerichtet. Auf dem Altar waren zwei Tannensträuße in großen Vasen arrangiert, und in der rechten Ecke des hohen Raumes stand der hohe geschmückte Tannenbaum und funkelte im Licht der Kerzen.

Auch die schönen alten Krippenfiguren waren von den fleißigen Helferinnen rechtzeitig aufgestellt worden, allerdings fehlte noch die Hauptperson, das Jesuskind. In dieser Pfarre war es von jeher Tradition, dass einige Kindergartenkinder diese letzte Figur in einer feierlichen Prozession, direkt zu Beginn der ersten Christmesse am Heiligen Abend, in die Krippe legen durften. Dazu wurden in der Regel einige der Jüngsten ausgesucht, die dann im Engelskostüm erschienen, um diese wichtige Aufgabe zu übernehmen. In diesem Jahr waren es gleich drei kleine Mädchen und zwei Jungen, denen dieses Amt zugefallen war. Stolz marschierten die Kleinen hinter ihrer Erzieherin her, und Henri trug glücklich und sehr vorsichtig das kostbare Christkind auf seinem Arm. Aber als das kleine Grüppchen vor der Krippe stand, war die keineswegs wie erwartet leer, sondern schon von einem winzigen, rot getigerten

Kätzchen besetzt. Als die Kinder das Katzenkind sahen, brachen sie in lauten Jubel aus. Davon allerdings erwachte das ungewöhnliche Christkind, während die Kirchenglocken und die volltönende Orgelmusik es bisher nicht geschafft hatten es zu stören. Die kleine Katze reckte und streckte sich ausgiebig und hob dann ihr Köpfchen, so dass die Besucher in den ersten Reihen der Kirche auch sehen konnten, worüber sich die Kinder so freuten. Behutsam nahm die Erzieherin das Kätzchen hoch und übergab es der Haushälterin des Pfarrers, die es schnell nach draußen brachte. Anschließend sah die Engelschar dabei zu, wie Henri das richtige Christkind an seinen Platz in der Krippe legte. Und dann konnte die Weihnachtsmesse endlich beginnen.

Die Weihnachtskrippe blieb noch einige Wochen in der Kirche stehen, damit auch die fremden Besucher, die außerhalb der Gottesdienste in die Kirche kamen, sie bewundern konnten. Und obwohl die

Haushälterin von Pfarrer Voß mehrmals täglich kontrollierte ob alles in Ordnung war, hatten immer wieder einige Leute das Glück gleich zwei Christkindchen in der Krippe anschauen zu können. Denn der kleinen Katze hatte ihr weiches Strohlager so gut gefallen, dass es ihr nichts ausmachte, es mit dem Jesuskind zu teilen. Im Gegenteil, sie schien mit ihrem mageren, kleinen Körper das zarte Kind wärmen zu wollen und schaffte es immer wieder mit in die Kirche zu huschen, wenn die Tür sich öffnete.

Da sie offenbar nirgends zuhause war, bekam sie im Pfarrhaus ab und zu eine Kleinigkeit zu fressen, und bald stellte sie sich jeden Tag dort ein.
„Du bist unsere Weihnachtskatze", meinte Pfarrer Voß und gab ihr den Namen Mary. Und schon bald war die kleine Katze aus seinem Pfarrhaushalt gar nicht mehr wegzudenken.

Vom Weihnachtsmann entführt

Jannik liebte seine Eltern - alle beide, sehr sogar, aber manchmal fand er sie trotzdem unerträglich! Ebenfalls beide, so wie jetzt. Sie hatten es doch glatt fertiggebracht, sich derartig zu streiten, dass sein Vater kurzfristig ausgezogen war. Gerade jetzt, nur einige Wochen vor Weihnachten.

„Spätere und endgültige Trennung nicht ausgeschlossen", hatte sein Vater geknirscht, als er mit Sack und Pack vorerst in das Haus eines jungen Kollegen gezogen war, der während eines längeres Auslandspraktikums in Übersee weilte, und Jannik´s Vater in dieser Zeit sein Heim zur Verfügung gestellt hatte. Jannik besuchte ihn dort so oft er konnte, obwohl er wusste, dass seine Mutter das nicht gern sah. Sie war so böse auf ihren Mann, dass sie derzeit nicht einmal wissen wollte wo er sich aufhielt.

„Was wünschst Du Dir denn in diesem Jahr zu Weihnachten?", hatte sie erst kürzlich gefragt. Jannik, der normalerweise immer viele Wünsche hatte, antwortete in diesem

Fall nur kurz und bündig: „In allererster Linie möchte ich, dass wir zu Weihnachten wieder eine ganz normale Familie sind."

„Das ist momentan so ziemlich das Einzige, was ich Dir nicht garantieren kann", schnappte seine Mutter beleidigt und wandte sich ab. Dabei glitzerte eine Träne in ihrem Auge, das hatte Jannik genau gesehen, wagte es aber nicht, dieses brisante Thema weiter zu verfolgen.

Einige Tage später war er mal wieder zu seinem Vater geradelt, der ihn ebenfalls fragte was Jannik sich denn nun zum Weihnachtsfest wünschte. Er erhielt die gleiche Antwort wie seine Frau.

„Ach Jannik, das ist doch auch mein sehnlichster Wunsch, das weißt Du sicher, aber Du kennst doch Mama, die kann verflixt stur sein, wenn sie will. Sie weigert sich seit Wochen mit mir zu reden – wie können wir da zusammen Weihnachten feiern?", hatte ihm sein Vater traurig geantwortet.

Es stimmte leider, Mama konnte sehr hartnäckig auf ihrem Standpunkt beharren, wenn sie es für angebracht hielt.

„Ich bin nicht stur, ich bin lediglich positionsstabil!", so nannte sie das.

Egal, es lief auf das Gleiche hinaus und war einfach blöd, fand Jannik. Er zermarterte sich regelrecht den Kopf darüber, wie er seine Eltern wieder zusammenbringen konnte. Im Grunde war es doch ihrer beider Wunsch, das wusste er genau. Schließlich hatte er eine Idee, die musste er unbedingt mit seinem Vater besprechen. Dieser Einfall von ihm war etwas ungewöhnlich, und schlimmstenfalls würde der Schuss auch nach hinten losgehen, das befürchtete sein Vater jedenfalls, stimmte aber trotzdem zu, denn viel schlimmer als jetzt konnte die Situation ohnehin nicht mehr werden, meinte er.

So kam der Heilige Abend, der Tag an dem sie ihren Coup starten wollten. Wie in den Jahren zuvor hatte Mama wie gewohnt alle Weihnachtsvorbereitungen getroffen. Das

Haus war schon auf Hochglanz gebracht worden und ein geschmückter Tannenbaum stand in ihrem Wohnzimmer. Etliche bunte Päckchen für Jannik lagen auch bereits darunter. Das geplante Festessen hatte sie selbstverständlich ebenfalls vorbereitet. Wie in jedem Jahr bestand Mama auch darauf, wenigstens noch mit ihrem Sohn den traditionellen Familiengottesdienst in der nahegelegenen Kirche zu besuchen.

„Damit wir überhaupt ein bisschen in Weihnachtsstimmung kommen", so hatte sie das begründet, denn sie wusste ganz genau, dass sich niemand von ihnen in diesem Jahr wie sonst auf das Fest freuen konnte. Jannik nickte, obwohl er wusste, dass er sich zu der Zeit ganz woanders aufhalten würde. Das durfte Mama natürlich noch nicht einmal ahnen! Nach dem Mittagessen wollte er noch einmal fort. Es ginge um eine geplante Überraschung für sie, behauptete er. Wenn man es genau nahm, war das ja nicht einmal gelogen, beruhigte er sein Gewissen, bevor er sich sein Rad schnappte und zu seinem Vater fuhr. Als er etwa anderthalb Stunden später noch immer nicht zurück war, begann seine Mutter langsam unruhig zu werden. In der Regel war ihr Sohn zuverlässig, und sie war bereits für den Kirchgang umgezogen und wartete ungeduldig auf sein Erscheinen. Also versuchte sie ihn anzurufen, sein Handy hatte er immer dabei, das wusste sie. Ohne dieses Ding in der Hosentasche waren die jungen Leute heutzutage ja völlig hilflos. Aber er meldete sich auch nach mehreren Versuchen nicht. Ob er schon wieder mal vergessen hatte den Akku aufzuladen? Einige Zeit später versuchte sie es erneut, und jetzt bekam sie wenigstens seine Mailbox an die Strippe und hinterließ ihm folgende Nachricht: „Hey Jannik, das ist nicht witzig, ich erwarte, dass Du mich jetzt schleunigst zurückrufst, denn sonst ist für Dich Weihnachten endgültig gestrichen!"

Nun sollte er endlich auftauchen, fand sie, schließlich wusste er doch, wie ungeduldig sie auf ihn wartete. Wo blieb der Junge nur? Hoffentlich war ihm nichts geschehen; langsam begann sie sich tatsächlich Sorgen um ihn zu machen.

„Oh je, das hört sich so an, als ob sie wirklich geladen ist", befürchtete Jannik´s Vater, nachdem sie beide die Nachricht seiner Frau gehört hatten.

„Das denke ich auch, aber, wenn wir beide das jetzt nicht durchziehen, dann war alles umsonst. Ärger kriegen wir auf jeden Fall, das war ja von vorn herein klar", grinste Jannik. „Los, starten wir durch", sagte er zu seinem Vater, und langte beherzt zu dessen neuem Smartphone, um die vorbereitete Nachricht abzusenden.

Seinem Vater waren in der Zwischenzeit durchaus einige Zweifel an Jannik´s genialem Versöhnungsversuch gekommen, aber er ließ ihn gewähren. Warum weigerte sich seine Frau auch so hartnäckig mit ihm zu reden; da musste man wohl oder übel zu solchen eher unkonventionellen Methoden greifen. Ansonsten wäre ihm so eine Farce doch nie in den Sinn gekommen.

Kurz darauf hörte seine Ehefrau den vertrauten leisen Summton ihres eigenen Smartphons. Sicher ein Weihnachtsgruß dachte sie, bevor sie danach griff. Allerdings erschien auf dem Display keine Nachricht, sondern das Gesicht ihres eigenen Sohnes, der eine rote Weihnachtsmannmütze trug, die er bis über die Augen gezogen hatte. Dann hörte sie ihn sagen: „Mama, der Weihnachtsmann hat mich gekidnappt, Du sollst mich pünktlich um 17.00 Uhr in der Goethestraße 19 abholen, sonst siehst Du mich nie wieder. Bitte Mama, komm!", flehte Jannik.

Dann brach die Verbindung ab. Das konnte doch wohl nur ein Scherz sein, und ein schlechter dazu! Aber wer dachte sich nur einen solchen Schwachsinn aus, dachte sie erbost. Im ersten Moment fiel ihr nur ihr Bruder ein, der hatte eine Schwäche für solche Dummheiten und fand die auch noch witzig, aber wie hatte er nur Jannik dazu gebracht dabei mitzumachen? Na wartet ihr beiden, dachte sie. Die zwei Spaßvögel sollten sie kennenlernen! Wutentbrannt wählte sie die Nummer ihres Bruders, aber es stellte sich schnell heraus, dass er von dieser Sache wirklich nichts wusste. Dann versuchte sie erneut Jannik anzurufen -

wieder ohne Erfolg. Schließlich tippte sie sogar widerstrebend die Handy-Nummer ihres Mannes in ihr Smartphone, aber auch er war offenbar nicht zu erreichen. Jetzt bekam sie es mit der Angst zu tun. Sollte sie wirklich in die Goethestraße fahren? Wer um Himmels willen wohnte denn dort? Aber Jannik hatte sich ja auch auf ihren wütenden Appell auf seiner Mailbox nicht gemeldet, also blieb ihr wohl nichts anderes übrig, als zu der angegebenen Adresse zu fahren um da vor Ort herauszufinden was eigentlich los war.

Aufgeregt und pünktlich stand sie zur verlangten Uhrzeit vor dem Haus in der Goethestraße. Die ausgelassene Stimmung von Jannik und seinem Vater war während der letzten Stunden etwas umgeschlagen; was war, wenn Mama nicht kam? Für diesen Fall hatten sie noch keinen Plan. Als es klingelte, waren beide erleichtert.
„Wer macht ihr die Tür auf?", fragte Jannik unsicher.

„Am besten Du, dann sieht sie gleich, dass alles in Ordnung ist, auf mich geht sie doch sofort los", bestimmte Papa.

Also erhob Jannik sich seufzend um die Haustür zu öffnen. Als er seine Mutter sah, erschrak er. Sie sah nicht einmal mehr zornig aus, sondern hatte ganz bestimmt sorgenvolle Stunden hinter sich, das verrieten ihm die dunklen Schatten unter ihren Augen, die er sonst noch nie bei ihr gesehen hatte. Und als dann noch ihr Ehemann hinter Jannik auftauchte, war es endgültig um ihre Fassung geschehen.

„Was habt Ihr Euch nur dabei gedacht?", fauchte sie, während ihr die Tränen über das Gesicht liefen, und ihr ohnehin fleckiges Make-up sich dadurch noch mehr auflöste. So hatte Jannik seine überaus gepflegte Mama noch nie gesehen. Schlagartig wurde ihm klar, dass er zu weit gegangen war mit diesem Streich.

„Komm erst mal rein Mama, bitte", stammelte er und zog sie in den Flur.

„Verzeih Patrizia, aber Du hast in den letzten Wochen doch wirklich alle meine

Gesprächsversuche ausgebremst, und Jannik wollte doch so gern, dass wir wenigstens zu Weihnachten einen Versuch machen Frieden zu schließen. Es war nicht richtig Dich so zu behandeln, aber wir wussten uns wirklich keinen anderen Rat. Bitte sei Jannik nicht böse, wenn jemand Schuld daran hat, dann bin ich das", gab Papa zerknirscht zu. „Wir wollten Dich wirklich nicht ängstigen! Ich kann auch nicht kochen, das weißt Du, aber ich habe unsere Lieblingspizzas gekauft, und eine gute Flasche Wein gibt es auch. Lass uns doch bitte erst mal essen und in Ruhe über alles reden, bitte!"

„Mama, wenn Du schimpfen musst, dann mit mir, es war meine Idee", schaltete Jannik sich nun ein. Er fühlte sich sehr schuldbewusst, als er sah, was er angerichtet hatte.

„Kindsköpfe, das seid Ihr, alle beide!", schnaubte Mama unter Tränen, ließ sich dann aber doch den Mantel abnehmen und trat näher.

„Ist das Deine neue Bleibe?", erkundigte sie sich.

„Nein, das ist das Haus eines Kollegen, der mit seiner Frau zusammen für sechs Monate nach Amerika gegangen ist. Er hat mir angeboten solange hier zu wohnen, natürlich zahle ich ihm in der Zeit Miete", gab ihr Mann Auskunft.

Einen Augenblick blieb es ganz still, und die beiden Übeltäter blickten Patrizia gespannt an.

„Zuhause steht meine vorbereitete Lasagne, aber die schmeckt morgen auch noch. Wirfst Du den Backofen für die Pizzas an oder wie soll es weitergehen? Ich habe Hunger!", verkündete Jannik´s Mutter schließlich.

„Klar, sofort Mam", mit diesen Worten stürmte Jannik in die kleine Küche. Er war auch hungrig, aber vor allem wollte er seinen Eltern die Gelegenheit geben, ein paar Worte unter vier Augen miteinander zu sprechen.

„Patrizia, Du müsstest doch wissen, dass ich immer nur Dich geliebt habe. Können wir unsere Differenzen nicht begraben und noch einmal von vorn anfangen? Es geht doch auch um Jannik!", hörte er Papa gerade sagen, als Jannik seinen Kopf aus der Tür streckte, um Papa zu fragen wo in diesem Haushalt denn die Teller zu finden waren. Bloß jetzt nicht stören, dachte er; endlich schienen sich die Wogen ein wenig zu glätten, da wollte er auf keinen Fall dazwischenfunken. Also begann er eine Schranktür nach der anderen zu öffnen, bis er das Gesuchte endlich gefunden hatte. Als die Pizzas fertig waren und verführerisch dufteten, konnte er allerdings nicht mehr länger warten, sondern betrat das stilvoll eingerichtete Wohnzimmer. Dort fand er, zu seiner großen Überraschung, seine Eltern friedlich vereint auf dem gemütlichen Sofa sitzen.

Nach dem Essen fragte Papa vorsichtig an, ob er denn die Geschenke, die er für seine Frau und Jannik gekauft hatte, nun holen dürfe. Großzügig nickte Mama, wie Jannik erleichtert feststellte. Er bekam von seinem Vater einen Gutschein für den neuen Laden in der Innenstadt, dort konnte man alle möglichen Zubehörteile für Elektronik kaufen.

„Du brauchst doch bestimmt noch einiges für Deinen PC. Oder ein neues Handy?", schlug Papa vor.

„Klar, immer - danke!", freute sich Jannik.

Für seine Frau hatte Papa ein ganz besonderes Geschenk. Er überreichte ihr ein sehr kleines, aber geschmackvoll verpacktes Päckchen, und beide Kerle sahen gespannt zu, wie sie es vorsichtig auswickelte. Nachdem sie das bunte Papier entfernt hatte, sah man auf der edlen Schachtel, die dann zum Vorschein kam, zuerst das Logo eines bekannten Goldschmiedes der Stadt. Ein zartes Weißgoldkettchen mit einem ausgefallenen Anhänger, der aus zwei ineinander verschlungenen Herzen bestand, kam zum Vorschein.

„Oh, mein Gott Jörg, das ist aber wirklich wunderschön – danke!", hauchte Mama gerührt.

„Den Anhänger hat Herr Fischer nach meinem eigenen Entwurf angefertigt", gab Papa eifrig und ein wenig stolz bekannt. Er freute sich sehr, dass seiner Frau ihr Geschenk so gut gefiel.

Na also, dachte Jannik zufrieden. Es würde bestimmt, bei zwei so unterschiedlichen und noch dazu äußerst temperamentvollen Menschen, wie seine Eltern es nun einmal waren, auch demnächst immer mal wieder zu Streitereien und Missverständnissen kommen, aber in dem Fall würde er sie einfach bitten, sich diese Kette anzuschauen, mehr war dann sicher gar nicht nötig!

Nikolaustag

Diese letzte Zusammenkunft in der Kindertagesstätte hatte für ihn kein gutes Ende genommen, das dachte Benedikt jedenfalls. Seine Frau war allerdings vom Gegenteil überzeugt, typisch für Lona! Sein Debakel hatte damit angefangen, dass an jenem Abend für die Weihnachtsfeier in der Kindertagesstätte ein Vater gesucht wurde, der bereit war, den Nikolaus zu spielen. Spontan hatte Lona sich an ihn gewandt und gesagt: „Das kannst Du doch übernehmen, Du machst das sicher ganz toll!"

Natürlich waren alle anderen Mütter schnell damit einverstanden, zumal traurigerweise an diesem Abend keiner der anderen Väter anwesend war. Zunächst hatte Benedikt noch versucht sich zu sträuben, aber dieser weiblichen Übermacht war er letztlich doch nicht gewachsen, und so hatte er, mit einem schiefen Grinsen, schließlich zugestimmt.

„Ich bin richtig stolz auf Dich!", hatte Lona ihm noch schnell zugeflüstert, bevor man zu den weiteren Punkten der Tagesordnung kam. Sie nahm vielleicht an, dass damit auch ihr Ansehen in der Gruppe steigen würde, denn ihre Tochter Jette kam erst seit ein paar Monaten hierher. Eltern, die bereit waren sich zu engagieren, wurden immer gesucht, allerdings hatte Lona bisher noch keinerlei Gelegenheit dazu gehabt sich entsprechend zu profilieren. Und wenn seine Frau sich etwas in den Kopf gesetzt hatte, dann kam er ohnehin nur schwer dagegen an, das wusste Benedikt schon lange.

Als sie später zuhause angelangt waren, bot sie ihm zum Trost ihre Unterstützung in dieser Angelegenheit an.

„Willst Du etwa als helfender Engel dabei sein?", fragte er ein wenig zynisch.

„Nein, ich sitze doch mit Jette im Publikum, aber ich besorge Dir ein Kostüm, bastele Dir eine Rute und auch das große Buch, aus dem Du als Nikolaus zu jedem Kind einen Satz sagen kannst", schlug Lona ihm vor.

„Na ja, wenn Du meinst...", zweifelte Benedikt.

„Keine Frage, wir machen das schon, Du wirst ein toller Nikolaus – garantiert!", versicherte Lona ihm noch einmal.

Ein paar Tage später zeigte sie ihm eine dicke Kladde, die sie mit Alufolie silbern eingeschlagen hatte.

„Ich denke, als Nikolaus brauche ich ein goldenes Buch", maulte Benedikt.

„Nein, das berühmte goldene Buch ist dem Weihnachtsmann vorbehalten, Du bist der Nikolaus, vergiss das nicht. Du bekommst ein silbernes Buch und eine Rute, keine Sorge, dafür habe ich schon einige Zweige geschnitten, die muss ich nur noch zusammenbinden", kündigte Lona an.

Na prima, seine Frau war ja offenbar von dieser Nikolausnummer, im Gegensatz zu ihm, total begeistert!

„Warum kann ich nicht bei Jette sitzen und Du spielst den Nikolaus, Du kannst das doch ganz bestimmt viel besser als ich", wagte Benedikt einzuwenden.

„Wo denkst Du hin, der Nikolaus sollte schon ein Mann sein, und meine Stimme würde Jette garantiert sofort erkennen", schmetterte Lona diesen Vorschlag rigoros ab.

„Glaubst Du meine nicht?", fragte Benedikt noch einmal.

„Nee, glaube ich nicht!", diese Antwort von Lona kam schon deutlich genervt, also fand Benedikt es in dem Augenblick besser den Mund zu halten – er wusste, wann er endgültig verloren hatte.

Zwei Tage später hatte Lona auch ein Kostüm für ihn besorgt. Eine rote, mit weißem Kunstfell besetzte weite Hose, dazu die passende Jacke und eine Zipfelmütze.

„Los, probier den Anzug an", forderte sie Benedikt auf.

Gehorsam tat er es und kam sich dabei in dieser Verkleidung prompt ziemlich albern vor.

Aber Lona meinte: „Chic, die steht Dir echt gut, diese Kluft!"

Dominik zog es vor, darauf nicht zu antworten, aber dann fiel ihm ein: „Tragen Nikoläuse nicht eigentlich einen roten Mantel?"

„Ja, normalerweise schon", bekannte Lona etwas kleinlaut, „aber Du bist ja ein moderner Nikolaus und kommst auch mit dem Auto statt mit einem Schlitten, da kannst Du auch einen Anzug statt des Mantels tragen. Außerdem habe ich keinen roten Mantel gefunden."

Ergeben nickte Benedikt, ihm war langsam ohnehin alles egal.

Schließlich kam der große Tag seiner Bewährung. Lona hatte alle Utensilien, die er für seinen Auftritt bei den Kindern brauchte, bereits in den Kofferraum gepackt, und dann fuhren die beiden gemeinsam zur Kindertagesstätte. Noch bevor Benedikt den Wagen richtig einparken konnte, stieg Lona schnell aus und schnappte sich die große Rute, sowie das silberne Buch, um damit ins Haus zu gehen. Benedikt nahm seinen Anzug mit, denn er hatte sich strikt geweigert, den bereits während der Fahrt hierher zu tragen. Der Sack mit den Geschenken für die Kinder sollte im Haus für ihn bereitstehen. Daher konnte er sich auch vor Ort umziehen, fand er. Im Flur kam ihm eine der Erzieherinnen entgegen.

„Ihre Frau ist bereits in die Turnhalle gegangen, da sind die Kinder versammelt und warten schon ungeduldig auf den Nikolaus. Kommen Sie, ich zeige Ihnen wo sie sich umziehen können. Darf ich Sie in ein paar Minuten abholen?", fragte sie.

Benedikt nickte. „Klar!", antwortete er.

Als selbstständiger Werbetexter war er es gewohnt vor einer größeren Anzahl von Leuten zu sprechen, warum nur hatte er vor dieser Gruppe von kleinen Kindern und ihren Müttern so heftiges Lampenfieber? Möglicherweise, weil seine eigene Tochter dabei war, aber es half ja alles nichts, gleich musste er sein Bestes geben. Das war er Lona, und vor allem Jette, einfach schuldig! Im nächsten Moment klopfte es auch schon an der Tür.

„Sind Sie schon so weit, Herr Mölling?", erkundigte sich die junge Dame, die ihn empfangen hatte. Also straffte Benedikt noch einmal die Schultern und trat mutig seinem Schicksal entgegen.

In der Turnhalle wurde er von den Kindern laut jubelnd begrüßt. Schnell entdeckte er auch Lona und Jette. Seine Tochter sah dem Nikolaus mit erwartungsvollem Gesichtchen entgegen. Dann klatschte Frau Schwarze, so hieß die Leiterin der Kindertagesstätte, in die Hände und bat um Ruhe. Freundlich hieß sie, im Namen aller Kinder, der anwesenden Mütter und Omas, den „lieben Nikolaus" herzlich willkommen, und anschließend winkte sie einen der größeren Jungen zu sich heran.

„Das ist Hendrik", stellte sie ihn vor. „Hendrik hat ein kleines Gedicht gelernt, und wir sind alle sehr gespannt darauf! Leg los, Hendrik!", forderte sie ihn auf, und Hendrik stellte sich in Positur und begann zu deklamieren:

Lieber guter Nikolaus,
heut´ kommst Du in unser Haus,
wir sind alle brav gewesen,
das hast Du bestimmt gelesen.
Drum pack gleich für uns Dein Säckchen
aus, bevor Du wieder gehst nach Haus!

Dann verbeugte er sich sogar noch vor Benedikt, der ihn natürlich für seinen Vortrag tüchtig lobte. Dann knüpfte er den Sack auf und gab Hendrik das erste Päckchen. Vorsichtig schielte er zu Lona und Jette hinüber. Jette saß gebannt auf Lona's Schoß und staunte den Nikolaus an. Das gab ihm Hoffnung, denn scheinbar hatte sie ihn wirklich nicht erkannt, seine Kleine. Dann begrüßte er alle Anwesenden mit den Worten: „Hallo, liebe Kinder, liebe Mamas und Omas! Ich glaube, meine Rute, die brauche ich bei Euch gar nicht, Ihr seid doch bestimmt alle ganz brav, oder?"

Ein vielstimmiges Ja tönte ihm entgegen, sodass er fortfuhr: „Dann wollen wir doch erst mal nachsehen, was so ein meinem großen Buch über Euch steht."

Lona hatte die Erzieherinnen gebeten, zu jedem Kind einige Worte in die Kladde zu schreiben, damit er alle ansprechen konnte. Deshalb klappte Benedikt sein silbernes Notizbuch auf und begann: „Also, als Erster steht hier etwas über Alexander. Du bist ja ein ganz lieber Junge und hilfst immer den

Kleineren – bravo Alexander! Komm bitte zu mir und hol Dir Dein Geschenk ab."

Ein dunkelhaariger, aber etwas schüchterner Junge kam zögernd näher und bekam vom Nikolaus ein Päckchen überreicht, bedankte sich und ging glückstrahlend wieder zu seiner Mutter zurück. Als Nächste folgte Annabell.

„Hier steht, Du magst vieles nicht essen, das muss besser werden, ja? Versprichst Du mir das?", sagte der Nikolaus freundlich zu dem kleinen Mädchen. Natürlich nickte sie, und dann bat Benedikt das nächste Kind zu ihm zu kommen. Als Jette an der Reihe war, klopfte sein Herz ein wenig schneller, aber er versuchte sich das nicht anmerken zu lassen.

„Du bist also Jette. Über Dich lese ich hier, dass Du gern Bilderbücher anschaust, stimmt das?", fragte er, und Jette nickte beklommen.

„Das ist doch sehr schön! Hier, bitte Jette, Du bekommst auch ein Geschenk von mir", sagte er freundlich. Jette nahm strahlend ihr Päckchen entgegen, bevor sie schnell zu

Lona zurücklief. Als der große Jutesack endlich leer war, bedankte sich die Leiterin der Kindertagesstätte bei dem Nikolaus und lud ihn noch ein, mit ihnen Kakao zu trinken und eine leckere Waffel zu essen; aber Benedikt entschuldigte sich damit, dass er ja noch weitermüsse und wollte sich gerade verabschieden, da geschah das Unglück. Der Hausmeister hatte vor einigen Wochen einen kleinen Hund zu sich geholt, und der war ihm ausgebüxt. Man hörte plötzlich im Flur Hundegebell und laute Rufe schallten durch das Haus.

„Lenny, wo bist Du? Lenny, komm sofort hierher!"

Schon war eines der Kinder an der Tür und riss sie weit auf, um zu sehen was da los war. Im nächsten Moment stürzte der junge Hund in den Raum und rannte laut bellend auf Benedikt zu. Ehe der sich versah, hatte der temperamentvolle kleine Hund ihn schon von hinten angesprungen und ihm dabei ein großes Loch in seine rote Hose gerissen. Nur gut, dass er darunter noch seine Jeans anbehalten hatte. Der Tumult, der daraufhin ausbrach, war schier unbeschreiblich! Alle Kinder kreischten laut durcheinander, einige weinten sogar oder versuchten nun ihrerseits hinter dem Hündchen herzujagen. Bis es endlich dem keuchenden Hausmeister irgendwann doch gelang, dem inzwischen völlig verängstigten Tier die Leine anzulegen und es wieder mitzunehmen, vergingen einige Minuten. Nur langsam beruhigten sich die Kleinen wieder.

„Bis bald Kinder!", rief Benedikt und schnappte sich eilig seine Sachen, um sich erneut umzuziehen, um als Jette's Papa wieder auftauchen zu können.

„Es tut mir sehr leid, Herr Mölling, wir kommen selbstverständlich für den Schaden auf", entschuldigte sich Frau Schwarze.

„Ach was, das ist schon in Ordnung", winkte Benedikt großzügig ab. „Aber eine feine Waffel und einen Schluck Kakao, das nehme ich als Privatmann gern an!"

„Das haben Sie sich auch redlich verdient!", gab Frau Schwarze lachend zurück.

Als Benedikt einige Minuten später wieder in der Turnhalle auftauchte, flog Jette gleich in seine weit geöffneten Arme und sprudelte hervor: „Papa, der Nikolaus war hier, und Lenny wollte ihn beißen, stell Dir das mal vor!"

„Was, da habe ich ja wohl das Beste verpasst", meinte Benedikt Er grinste verschmitzt und sah zu Lona hinüber. Die hob nur den Daumen hoch, lachte und sagte: „Vielleicht schaffst Du es ja im nächsten Jahr pünktlich hier zu sein!"

„Ganz bestimmt sogar", versprach er, bevor er sich zu seiner Familie setzte, um den Rest des Nachmittages mit ihnen gemeinsam zu genießen.

Die Puppe

Jedes Mal, wenn Svea, sie war seit dem letzten Frühling sechs Jahre alt und nach den Sommerferien eingeschult worden, auf dem Weg zur Schule an dem großen Kaufhaus vorbeikam, blieb sie vor dessen breiter Schaufensterfront stehen. Eines der Fenster zog sie jedes Mal wieder unweigerlich in seinen Bann – Tag für Tag aufs Neue. Eine wunderschöne Winterlandschaft war darin dekoriert, mit vielen hohen, schlanken Tannenbäumen, auf denen der Schnee glitzerte und vielen goldenen Sternen im Hintergrund. Ein riesiger Schlitten, auf dem sich bunte Päckchen stapelten, stand darin. Ein Engelchen im rosa Kleidchen hielt ein Rentier am Zügel, das den Schlitten offenbar ziehen sollte. Außerdem drehte eine kleine, bunte Spielzeugeisenbahn inmitten dieser zauberhaften Landschaft unaufhörlich ihre Runden, und etliche niedliche Stofftiere tummelten sich auch darin. Einige saßen mit auf dem Schlitten oder standen daneben. Natürlich waren auch mehrere Puppen in diesem Fenster zu bewundern. Alle waren hübsch, aber eine dieser Puppen gefiel Svea ganz besonders gut. Diese Puppe hatte blonde Locken, blaue Augen und ein ganz liebes, freundlich lächelndes Gesichtchen lugte unter der Kapuze ihres feschen Schneeanzugs hervor. Dieses Puppenkind hatte es Svea angetan – sie war jedes Mal erneut absolut verzaubert, wenn sie diese wunderschöne Puppe anschaute. Sogar einen Namen hatte sie für ihre Traumpuppe bereits ausgesucht. Alexa sollte sie heißen, zur Erinnerung an ihre Mama, deren Name Alexandra gewesen war.

Bald war Weihnachten und Papa hatte gesagt, Svea dürfe einen Wunschzettel malen, denn richtig schreiben konnte sie noch nicht. Einige Worte und natürlich etliche Buchstaben hatte sie zwar schon gelernt, aber um alle ihre Wünsche aufzuschreiben, dazu reichten ihre bisher erworbenen Kenntnisse noch nicht aus. Malen, ja das konnte sie, aber diese Puppe aufs Papier zu bringen, das erschien Svea doch zu schwierig. Zur Sicherheit hatte sie Papa ihre Wunschpuppe gezeigt, aber Papa war leider gar nicht so begeistert gewesen wie Svea erhofft hatte. Er fand, dass sie jetzt als Schulkind ohnehin viel zu alt war, um noch lange mit Puppen zu spielen.

„Außerdem hast Du doch schon zwei Puppen und die im Schaufenster ist auch ziemlich teuer! Wünsch Dir lieber etwas anderes, Svea!", hatte er gesagt.

Aber etwas anderes wollte sie gar nicht! Nur diese Puppe, an die sie ihr ganzes Herz gehängt hatte, die wollte sie so gern haben, aber das schien Papa leider nicht verstanden zu haben. Mama, ja die wäre bestimmt auf ihrer Seite gewesen! Aber Mama gab es nicht mehr. Eine heimtückische Krankheit hatte sie Svea und Papa vor einigen Monaten fortgenommen. Sie war schwächer und schwächer geworden, und irgendwann hatten ihre Kräfte nicht mehr ausgereicht, und sie war gestorben.

„Mama ist jetzt bei den Engeln und passt von dort auf uns auf!", hatte Papa Svea zu erklären versucht, was er selbst nicht verstand. Svea wusste, ihr Papa vermisste Mama immer noch ganz schrecklich, obwohl er immer versuchte, es sich seiner Tochter gegenüber nicht anmerken zu lassen. Sie hatte es aber trotzdem gespürt, vor allem auch an dem Tag, an dem sie eingeschult worden war. Fast alle Kinder waren mit beiden Eltern erschienen. Einige wenige „I-Männchen" konnten nur mit ihrer Mama kommen, aber lediglich Svea war mit Papa allein dort gewesen, und das hatte sie äußerst schmerzlich registriert.

„Ach Mama", seufzte sie.

Papa tat für sie was er nur konnte, aber Mama würde er natürlich nie ersetzten können – niemals! Und gerade jetzt, zu Weihnachten, da fehlte Mama ihnen beiden ganz besonders!

So oft hatte Svea ihre kleine Nase schon an dem hell erleuchteten Schaufenster platt-gedrückt, um mit ihrer Puppe Zwiesprache zu halten. Jetzt waren es nur noch ein paar Tage bis Weihnachten, und Alexa saß noch immer im Schaufenster und wartete sicher nur darauf vom Weihnachtsmann für Svea abgeholt zu werden. Das hoffte sie doch so sehr!

„Komm Svea, heute kaufen wir unseren Weihnachtsbaum", lockte Papa Svea, nachdem sie ihm ihre Hausaufgaben gezeigt hatte. Übermorgen war Heiligabend, und so wurde es langsam Zeit einen Baum zu holen, fand Papa. Also zog Svea sich an und folgte ihm zum Weihnachtsmarkt in der Stadt. Dort war ein Händler, der die verschiedensten Bäume in allen Größen verkaufte. Die meisten waren sehr schön gewachsen, aber eigentlich interessierten sie Svea viel weniger als das festlich und hell erleuchtete Schaufenster des großen Kaufhauses. Schließlich hatten sie sich für ein Bäumchen entschieden, Papa zahlte und fragte Svea, ob sie denn gern mit ihm noch eine Waffel essen oder etwas anderes vom Weihnachtsmarkt mitnehmen wolle.

„Nein, ich möchte auf dem Rückweg nur noch einmal schnell beim Kaufhaus in das Fenster schauen", wünschte sich Svea.

„Na gut, gehen wir", stimmte Papa zu und schulterte den Weihnachtsbaum, während Svea vor ihm her hüpfte. Endlich waren sie bei dem Kaufhaus angekommen. Auf den ersten Blick schien das Fenster unverändert. Alle Tiere saßen auf ihren Plätzen, die Eisenbahn drehte unaufhörlich ihre Runden, und die Puppen warteten immer noch auf die Abholung durch den Weihnachtsmann. Alle Puppen? Nein, nicht alle, denn Alexa war verschwunden, wie Svea völlig entsetzt feststellte. Sie war einfach nicht mehr da! Stattdessen hatte man einen ziemlich großen und dicken Teddy mit braunen Augen und herrlich anzusehendem Plüschfell auf ihren Platz gesetzt.

„Papa, Alexa ist fort – war der Weihnachtsmann etwa schon da und hat sie geholt?", erkundigte Svea sich weinerlich.

„Das weiß ich nicht, mein Schatz. Ich hatte noch keine Gelegenheit mit ihm zu sprechen", antwortete Papa. „Und außerdem bist Du doch mein tapferes, großes Mädchen und eigentlich viel zu alt für eine Puppe", wiederholte er noch einmal.

„Bin ich nicht!", schluchzte Svea jetzt.

Sie war unendlich traurig; und falls ein anderes Kind ihre süße Alexa unter dem Tannenbaum finden würde, dann wäre sie ganz bestimmt sehr enttäuscht vom Weihnachtsmann, so vertraute sie Papa an. Doch der zuckte nur mit den Schultern und antwortete nicht darauf.

Schon am nächsten Tag begannen die Weihnachtsferien und Papa schlug vor, sie sollten den Baum aufstellen und schmücken. Danach wollten sie noch einmal gemeinsam zu Mama´s Grab gehen, um ihr zum Weihnachtsfest ein paar Blümchen zu bringen. Natürlich half Svea Papa gern bereitwillig beim Schmücken des kleinen Weihnachtsbaumes, aber die rechte Lust dazu fehlte ihr. Ob sie wohl morgen endlich ihre Alexa in die Arme schließen konnte? Papa noch einmal darauf anzusprechen wagte sie nicht. Wieder einmal fehlte Mama ihr unendlich, aber die wohnte ja nun im Himmel, und dort ginge es ihr viel besser als hier auf der Erde, das hatte Papa ihr wiederholt erklärt, wenn sie traurig war. Aber vielleicht konnte Mama ja von dort aus beim Weihnachtsmann ein gutes Wort für ihre Tochter einlegen, hoffte Svea. Als sie zusammen an Mama´s Grab standen, sagte sie ihr das auch, nachdem sie und Papa ihren Blumenstrauß niedergelegt und Mama noch gesegnete Weihnachten gewünscht hatten. Zuhause machte Papa für sich und Svea einen heißen Kakao und las ihr eine lange Weihnachtsgeschichte vor. Er gab sich wirklich alle Mühe, fand Svea.

„Ich hab Dich lieb, Papa!", vertraute sie ihm an, als er ihr später gute Nacht sagte.

„Ich Dich auch, sehr sogar mein Spätzchen", erwiderte er und drückte Svea dabei ganz fest an sich. Mein Spatz, so hatte er Mama oft genannt, und Svea war immer ihr gemeinsames Spätzchen gewesen. Diesen vertrauten Kosenamen hatte Papa schon lange nicht mehr benutzt; eigentlich schade, dachte Svea, bevor sie einschlief.

Am nächsten Morgen, dem Heiligen Abend, war sie frühzeitig wach. Sie konnte es kaum erwarten, bis es endlich an der Zeit war, zum Familiengottesdienst in die Kirche zu gehen. Papa hatte ihr heute erlaubt ihr schönstes Kleidchen anzuziehen, und da es in der Nacht zuvor tatsächlich sacht angefangen hatte zu schneien, holte er für seine Tochter den Schlitten aus dem Keller.

„Wollen wir den zur Kirche mitnehmen? Ich ziehe Dich", schlug er vor und Svea stimmte zu. Dann nahm Papa für Svea und sich die wärmsten Mäntel aus dem Schrank und bestand darauf, dass sie noch dicke Handschuhe, Schal und Mütze anzog.

„Ich möchte nicht, dass Du Dich erkältest!", sagte er. Dann zogen sie los. Einige andere Leute waren offenbar auf die gleiche Idee gekommen, denn als sie bei dem Gotteshaus ankamen, standen dort bereits mehrere Schlitten vor der Tür.

„Ich binde einfach den Gürtel meines Mantels daran, dann erkennen wir unseren Schlitten problemlos wieder", schlug Papa vor, und so wurde es auch gemacht. Dann betraten Svea und Papa die Kirche. Es waren schon viele Menschen dort und zum Glück fanden sie noch einen Platz neben Svea´s bester Freundin Kira und ihren Eltern. Alle Kinder waren schon sehr aufgeregt; Svea und Kira natürlich auch. Dann war der Gottesdienst vorbei, und man sang das Schlusslied „Oh, du fröhliche …", so wie in all den Jahren zuvor. Das konnte sogar Papa auswendig. Nachdem Kira´s Eltern Papa und Svea ein frohes Fest gewünscht hatten, gingen sie zum Ausgang, wo der Schlitten geduldig auf sie gewartet hatte. Nachdem Papa seinen Gürtel wieder umgebunden hatte, nahm Svea auf dem Schlitten Platz, um sich von Papa nach Hause bringen zu lassen. Es hatte die ganze Zeit über weiter geschneit, und inzwischen lag der Schnee recht hoch, daher musste Papa sich mächtig anstrengen, um den Schlitten mit Svea darauf zu ziehen. Dabei kam er ganz schön ins Schwitzen, sodass Svea irgendwann abstieg, und beide den Rest des Weges zu Fuß gingen.

„Es war vielleicht doch keine so gute Idee, den Schlitten mitzunehmen", meinte Papa, als sie endlich vor ihrer Haustür standen.

„Komm schnell rein, ins Warme", drängte er, und auch Svea war froh endlich zuhause zu sein.

„Ich schaue schnell mal nach, ob der Weihnachtsmann inzwischen hier gewesen ist", sagte Papa, während Svea sich auszog. Einen kurzen Moment später ertönte das goldene Weihnachtsglöckchen – ganz genau so wie Mama es immer geläutet hatte, als sie noch bei ihnen gewesen war. Etwas beklommen öffnete Svea die Tür zum Wohnzimmer. Der festlich geschmückte Weihnachtsbaum erstrahlte im Licht der Kerzen, und einige hübsch verpackte Geschenke lagen darunter; aber das Einzige was Svea wirklich wahrnahm, das war Alexa, die in ihrem Lieblingssessel saß und dort auf sie wartete. Die Kapuze ihres Schneeanzuges hatte sie abgestreift und lachte ihrer neuen Puppenmutti fröhlich entgegen. Mit einem lauten Jubelschrei stürzte Svea zu ihr, um Alexa endlich in die Arme zu nehmen.

„Dich lasse ich nie mehr los!", versprach sie und schaute Papa selig an. „Ich freue mich so!", rief sie, und auch Papa lachte über das ganze Gesicht.

„Möchtest Du nicht nachschauen, was der Weihnachtsmann Dir außerdem noch mitgebracht hat?", erkundigte er sich schließlich, und Svea nickte.

Aber was es auch sein mochte, ihren Herzenswunsch hatte er erfüllt, das war für sie das Allerwichtigste! Natürlich freute sie ich auch über das neue Spiel, die Bilderbücher; ja und sogar an ein hübsches Sommerkleidchen für Alexa hatte der liebe Weihnachtsmann gedacht.

„Sie kann doch nicht immer nur den dicken Schneeanzug tragen", erklärte Papa Svea schmunzelnd. Ob Mama sich wohl doch eingemischt und dem Weihnachtsmann einen Tipp gegeben hatte? Wer konnte das schon wissen.

Als Svea an diesem Abend endlich im Bett lag, hatte sie Alexa fest an sich gedrückt und dachte an Mama. Nun würde sie sich nie mehr so verlassen fühlen wie zuvor, das wusste sie genau. Und bevor sie endgültig einschlief, wünschte sie sich noch, dass der Weihnachtsmann dafür sorgen sollte, dass auch Papa irgendwann nicht mehr so einsam sein sollte wie jetzt. Vielleicht konnte der Weihnachtsmann ja auch für Papas etwas tun.

Engel trifft man überall ...

„Das wollen Sie doch nicht wirklich tun, junge Dame. Heute ist doch Heiligabend", hörte Corinna eine leise, sanfte Stimme neben sich. Sie hatte schon eine geraume Weile auf der breiten Brücke gestanden und dabei in die endlose Tiefe unter sich gestarrt. Die Autos dort brausten alle mit ziemlich hoher Geschwindigkeit vorüber, und sie hatte tatsächlich darüber nachgedacht auf das Brückengeländer zu steigen um hinunter zu springen. Sie sah keinen Sinn mehr in ihrem freudlosen Dasein. Keine Familie, keinen Freund, und jetzt hatte sie auch noch, gerade zwei Tage vor Weihnachten, ihren Job verloren. Mit der lapidaren Erklärung, sie passe wohl doch nicht ins Team, hatte ihr der Chef die Kündigung in die Hand gedrückt und sie gebeten, ihren Schreibtisch unverzüglich zu räumen. Für die letzten Tage der Probezeit dürfe sie gnädigerweise zuhause bleiben, hatte er noch gesagt und ihr scheinheilig für ihre Zukunft in einer anderen Firma alles Gute gewünscht. Wie betäubt hatte sie ihm gehorcht und war gegangen, unter den mitleidigen Blicken der ehemaligen Kollegen. Sie hatte wirklich geglaubt, in dieser Firma gut aufgehoben zu sein. Das war jetzt vorbei.

Die alte Dame, die sie angesprochen hatte, nahm vorsichtig ihren Arm und drängte: „Nun kommen Sie schon, ich habe Sie schon länger beobachtet; lassen Sie uns gehen, bevor wir beide ganz zu Eiszapfen gefroren sind! Wenn Sie mögen, erzählen Sie mir zuhause von ihrem Kummer."
Mit diesen Worten zog sie Corinna einfach mit sich fort, die scheinbar willenlos alles mit sich geschehen ließ.
„Ich komme gerade vom Gottesdienst, und es ist nicht mehr weit bis zu meiner Wohnung. Dort bekommen Sie erst mal einen schönen, heißen Tee", versprach sie.
Ein zierliches Persönchen, aber dafür mit einem eisernen Willen ausgestattet, schien diese Fremde Corinna zu sein. Und dazu offensichtlich fest entschlossen sich um sie zu kümmern. Also gab sie ihren ohnehin nur

schwachen Widerstand auf und folgte der alten Dame.

Schon standen sie vor einem großen Mietshaus, und ihre Retterin zog ein Schlüsselbund aus der Tasche, öffnete die Haustür, und wenig später betraten sie eine kleine, aber sehr gemütlich eingerichtete Wohnung. Jetzt endlich hatte Corinna ihre Sprache wiedergefunden.

„Sie haben mir das Leben gerettet, Sie müssen ein Engel sein", brachte sie stockend heraus.

„Ach was, ich heiße zwar tatsächlich Engel, Adele Engel, um ganz genau zu sein, aber ich bin ganz gewiss keiner", beschwichtigte sie die ältere Frau und erkundigte sich dann: „Und wie darf ich Sie nennen?"

„Corinna, ich bin Corinna Schulte, und Sie sind wirklich außerordentlich freundlich gewesen mich aufzulesen."

„Unsinn, ich kenne das Gefühl von aller Welt verlassen zu sein, glauben Sie mir Kindchen, aber jetzt setzen sie sich erst mal. Ich koche uns Tee und dann sehen wir weiter", befahl sie und drückte Corinna in eine Sofaecke, bevor sie in die Küche eilte, um Teewasser aufzusetzen. Sie kramte Tassen, kleine Löffel, Milch und Zucker hervor und betrat schließlich mit dem gefüllten Tablett wieder das Wohnzimmer, wo Corinna noch immer reglos in ihrer Ecke hockte. Dann goss sie den Tee ein und erkundigte sich ob ihr Gast Zucker, Milch oder beides wollte.

„Nur einen kleinen Teelöffel Zucker bitte. Dankeschön", antwortete Corinna, bevor sie die gefüllte Tasse entgegennahm.

„Vorsicht heiß!", warnte Frau Engel und blieb anschließend stumm. Solange, bis die junge Frau schließlich von selbst zu berichten begann, was ihr widerfahren war.

„Oh, da hat man Ihnen aber wirklich übel mitgespielt", gab Frau Engel zu, bevor sie fortfuhr „trotzdem ist das doch kein Grund gleich alles hinzuwerfen. Ich habe viel erlebt, darunter auch Situationen die mir zunächst wirklich ausweglos erschienen, aber glauben Sie mir ruhig Corinna, das Schicksal hält bestimmt auch für Sie noch viel Schönes bereit, da bin ich mir ganz sicher! Sie sind doch so jung und haben das richtige Leben erst noch vor sich. Sind Sie denn gar nicht neugierig darauf, was es Ihnen alles bieten kann?"

Sie hat ja recht, dachte Corinna, die es längst bereut hatte einen Augenblick, zugegeben schon einen ziemlich langen Augenblick, Schluss machen zu wollen. Innerlich straffte sie sich bevor sie antwortete: "Frau Engel, Sie waren gerade im richtigen Moment zur Stelle – ich danke Ihnen nochmals sehr herzlich dafür!"

"Aber nicht doch Kindchen, es ist alles gut! Ich freue mich, dass auch ich dadurch heute nicht allein sein muss. Und jetzt zünden wir die Kerzen an meinem Weihnachtsbaum an. Den hat mir ein netter Nachbar extra hergeschleppt. Wenn die Feiertage vorbei sind, dann bekommt er ihn für seinen Garten, deshalb habe ich mir ein Bäumchen im Topf ausgesucht. Außerdem habe ich eine große Packung Räucherlachs gekauft, dazu gibt es Toast und eine leckere selbst gemachte Sahne-Meerrettichsauce. Die mögen Sie doch hoffentlich, oder? Eine gute Flasche Weißwein steht auch dazu im Kühlschrank. Dieses Essen habe ich mir früher immer am Heiligen Abend mit meinem Hugo gegönnt. Er wollte nicht, dass ich an einem Tag wie diesem meine Zeit in der Küche verbringe. Das ist nicht der Sinn von Weihnachten, hat er immer gesagt."

„Sind Sie schon länger allein?", fragte Corinna Frau Engel.

„Ja, leider, aber ich kann mich nicht beklagen, wir beide hatten fast fünfzig gemeinsame Jahre, mein Hugo und ich", erzählte Frau Engel. „Eigene Kinder waren uns beiden leider nicht vergönnt, daher bin ich ohne ihn schon recht einsam", fügte sie noch hinzu. -

Wie gut, dass Corinna heute, an diesem schicksalhaften Tag, ausgerechnet Frau Engel begegnet war, deren Stärke und Fürsorge gab auch ihr Kraft und tat unendlich gut. Nach den Festtagen wollte sie sich eine Tageszeitung kaufen und die Stellenangebote darin anschauen; und gleich zu Beginn des neuen Jahres würde sie sich einen Termin beim Arbeitsamt holen, um sich beraten zu lassen welche Möglichkeiten sich ihr noch boten. Es gab sicher vieles, was sie tun konnte. Eine Umschulung machen, vielleicht im sozialen oder kreativen Bereich tätig werden oder ein Studium beginnen, immerhin hatte sie ihr Fachabitur in der Tasche. Plötzlich erschien Corinna dieses Weihnachtsfest wie die Wende in ihrem Leben, auf die sie, vielleicht schon lange, unbewusst gewartet hatte. Es stimmte, es gab immer einen Weg und eine neue Chance, man musste sie nur sehen und ergreifen.

„So gefallen Sie mir schon viel besser", freute sich Frau Engel, der dieser Stimmungsumschwung nicht entgangen war. Sie hatte in der Zwischenzeit den Wein entkorkt, zwei Gläser eingeschenkt und hielt eines davon Corinna entgegen.

„Auf die Zukunft!", sagte sie dabei.

„Auf die Zukunft!", entgegnete Corinna, während sie das gefüllte Glas entgegennahm und zaghaft lächelte, zum ersten Mal seit ihrer Begegnung.

„Na also, es geht doch; ach ja und gesegnete Weihnachten! So, jetzt wollen wir aber essen", bestimmte Frau Engel schließlich und Corinna nickte.

Eine Kreuzfahrt zu Weihnachten und ihre Folgen…

Als Marla und Dennis sich im November des vorletzten Jahres kennengelernt hatten, da waren sie sich gleich einig, Weihnachten, das war für sie eher ein Fest für Leute mit Familie. Sie hatten beide keine Verwandten und waren ohnehin viel unterwegs. Daher sahen sie diese freien Tage eher als zusätzlichen Urlaub an, mehr nicht. Jetzt war es wieder Mitte November und sie beratschlagten, wie sie die Feiertage am besten verbringen wollten. Keiner wollte so ein übliches und verkitschtes Weihnachtsfest „mit Flitterkram und Engelchen", wie Dennis es ausdrückte. Auch jegliche eventuell geplante Überraschung sollte besser miteinander abgesprochen und vor allem zweckmäßig sein, so hatten sie es abgemacht. In jedem Laden, den man zu dieser Zeit betrat, dröhnte einem doch ohnehin schon unaufhörlich bereits früh am Morgen das Lied „Stille Nacht" oder andere Weihnachtsmusik entgegen, und das ging sowohl Marla wie auch Dennis gehörig auf die Nerven. Bis vor kurzem hatten sie in getrennten Wohnungen gelebt und waren erst im Herbst zusammengezogen.

„Erst mal auf Probe", wie Dennis dazu gesagt hatte. Diese flapsige Ausdrucksweise hatte Marla zwar geärgert, aber sie hatte beschlossen, das vorläufig auf sich beruhen zu lassen.

Jetzt nahte die Adventszeit, und erstaunt sah Dennis, wie seine Lebensgefährtin einen kleinen, roten Puppenschlitten hervorholte, ihn mit Tannenzweigen auslegte und ihren Lieblingsteddy hineinsetzte. Daneben stellte sie eine hohe weiße Kerze, deren LED-Licht den ganzen Tag flackerte. Dennis war wenig begeistert, und Marla hatte für diesen speziellen Auftritt ihres Teddys regelrecht kämpfen müssen, aber er war seit der Kindheit ihr ständiger Begleiter und seitdem auch immer noch ihr Trostspender in allen Lebenslagen. Diese Dekoration war seit vielen Jahren ihre einzige Konzession an das Weihnachtsfest, daher wollte sie gerade darauf nicht verzichten. Ächzend gab Dennis nach, weil er merkte, wie wichtig Marla das war. Er freute sich auf die freien Tage. Ein wenig Ruhe vom Stress des Alltags und gutes Essen, denn das schätzten er und Marla durchaus; ansonsten hatte das Fest schon lange keine besondere Bedeutung mehr für ihn. Häufig hatte er sogar in der Vergangenheit den zweiten Feiertag dazu genutzt seine Steuererklärung vorzubereiten. In diesem Jahr hatte Marla bereits im Sommer die Idee gehabt, die Feiertage für einen Kurzurlaub zu nutzen – sie wollte in die Sonne. Dem erwartungsgemäß trüben Wetter hier in Deutschland zu entgehen, das hielt auch Dennis für eine gute Idee, und so waren die beiden sich schnell darüber einig geworden. Marla hatte aus dem Reisebüro jede Menge Prospekte angeschleppt und sie gründlich studiert. Die Auswahl ihres Reisezieles hatte Dennis großzügig ihr überlassen.

„Was hältst Du denn von einer kleinen Weihnachtskreuzfahrt? Wir könnten nach

Las Palmas fliegen und dort ein Schiff besteigen", schlug Marla vor.

„Das hört sich gut an", fand Dennis.

Beide hatten gut dotierte Jobs, eine solche Reise zu finanzieren war daher kein Problem für sie. Bis zur geplanten Abreise waren es nur noch wenige Tage, und beide freuten sich auf diesen Trip. Im Schlafzimmer standen mehrere offene Koffer, und Marla hatte sich einen ausgiebigen Stadtbummel gegönnt, um sich ein paar neue, leichte Shirts und einen hübschen Bikini zu kaufen. Den probierte sie gerade noch einmal an, als Dennis nach Hause kam. Schade, eigentlich hatte sie ihn damit überraschen wollen.

„Donnerwetter, der steht Dir aber gut", entfuhr es Dennis, als er sie so leicht bekleidet vor dem großen Spiegel posieren sah.

„Danke, ich freue mich riesig auf diese Reise!", antwortete Marla, und ließ sich von ihm in den Arm nehmen.

Zwei Tage später saßen sie im Auto, um zum Flughafen zu fahren. Alles war von der netten Dame in dem Reisebüro bestens organisiert worden. Als sie in Las Palmas ankamen, wurden sie durch den Hotelservice abgeholt, und da ihr Schiff erst am Mittag des folgenden Tages ablegen würde, hatten sie noch genug Zeit, sich den Ort anzusehen. Auch das gebuchte Hotel war eine richtig gute Empfehlung der Mitarbeiterin ihres Reisebüros. Es war nicht allzu groß, aber geschmackvoll eingerichtet, und die Zimmer waren sehr sauber und gemütlich.

„Der Beginn dieses Urlaubs gefällt mir schon gut!", lobte Dennis, und Marla stimmte ihm voll und ganz zu.

Als sie am nächsten Vormittag, nach einem ausgiebigen Frühstück, mit dem Shuttlebus zum Hafen gefahren wurden, war Marla absolut begeistert, als sie das elegante, weiße Kreuzfahrtschiff, das in den nächsten Tagen ihr Zuhause sein sollte, vor sich liegen sah. Ja, diese Reise war eine gute Idee gewesen!

An Bord wurden sie sehr herzlich begrüßt, und die gebuchte Außenbordkabine war relativ geräumig und entsprach durchaus ihren Vorstellungen. Sogar Dennis fand nichts zu beanstanden, wie sie erleichtert feststellen konnte. Der äußerst freundliche Mitarbeiter der Crew, der sie zu ihrer Kabine begleitet hatte, informierte sie darüber, dass ihr Gepäck später automatisch hergebracht werden würde. Er empfahl ihnen auch, sich die Bordunterlagen, die in jeder Kabine bereitlagen, genau anzusehen, damit sie wussten wo welche Einrichtungen auf dem Schiff zu finden waren.

„Ich heiße Juan und bin Ihr Steward auf dieser Etage, bitte wenden Sie sich an mich, wenn Sie eine Frage haben oder etwas Besonderes wünschen", mit diesen Worten verabschiedete er sich.

Das erste Mittagessen an Bord wollten Marla und Dennis ausfallen lassen, denn von dem ausgiebigen Frühstück im Hotel waren sie noch satt. Nachdem sie in aller Ruhe ihre Koffer ausgepackt hatten, gingen sie später an Deck, um die Ausfahrt des Luxusliners mitzuerleben. Die meisten der Passagiere standen mit ihnen an der Reling und winkten

den am Kai zurückgebliebenen Menschen
zum Abschied fröhlich zu.

Anschließend gingen Dennis und Marla auf
Erkundungstour, um sich anzuschauen, was
das Schiff alles zu bieten hatte. Der
Reiseprospekt hielt was er versprach, es
würde sicher viel Spaß machen in den
zahlreichen Boutiquen an Bord zu stöbern,
fand Marla. Auch den Frisiersalon und das
Nagelstudio würde sie besuchen, nahm sie
sich vor. Für Dennis gab es diverse
Sportangebote, sowie mehrere Bars und
verschiedene Unterhaltungsveranstaltungen,
sogar ein Kinosaal war vorhanden. Dann
wurde es allerhöchste Zeit sich zum
Abendessen umzukleiden. In ihrem edlen
„kleinen Schwarzen" fühlte Marla sich für
ihren ersten Auftritt gerüstet, vor allem
nachdem Dennis ihr noch einmal bestätigt
hatte, wie gut sie darin aussah. Dieses Kleid
liebte Marla sehr, zumal es sich mit
unterschiedlichen bunten Tüchern oder
Schmuck immer wieder variieren ließ. Wie
sich herausstellte, hatten sich auch die
anderen Gäste an diesem ersten Abend chic

gemacht, obwohl, und das betonte der Kapitän mit der sonoren Stimme ganz besonders bei seiner Willkommensrede, es auf diesem Schiff eher leger zuging, und es somit keine spezielle Kleideretikette gab.

„Ach so, dann sind auch Jeans oder kurze Hosen in Ordnung, prima!", feixte Dennis, dem dieser Scherz allerdings einen strafenden Blick von Marla und ein Grinsen eines seiner Tischnachbarn einbrachte.

„Ich sehe schon, wir werden uns gut verstehen, ich bin übrigens Raffael Sander", stellte der sich vor. Dann erzählte er, dass seine langjährige Lebenspartnerin sich erst kürzlich von ihm getrennt hatte, und er auf dieser Reise ein wenig Ablenkung suchte, denn eigentlich mochte er Weihnachten gern, sehr sogar, wie er ein wenig verlegen gestand. Aber an den Feiertagen so ganz allein zuhause bleiben zu müssen, das wollte er sich gerade in diesem Jahr nicht antun.

„Dann kriege ich Depressionen", bekannte er freimütig.

„Na, das werden wir schon zu verhindern wissen", versicherte Marla ihm. Wie konnte man einen so netten Kerl nur verlassen, dachte sie dabei, aber sie kannte diesen Raffael ja nicht näher, und der allererste Eindruck musste nicht zwangsläufig richtig sein. Außer Raffael setzte sich noch ein Ehepaar mittleren Alters zu ihnen an den Tisch. Das waren Helen und Gero Brink, wie sich herausstellte. Mit ihnen reiste ihre Enkelin Maja. Auch die Eltern von Maja hatten sich getrennt, und deshalb lebte sie bei ihren Großeltern. Sowohl ihre Mutter wie auch ihr Vater waren beruflich in der ganzen Welt unterwegs, und konnten in diesem Jahr beide erst nach den Feiertagen nach Hause kommen, daher hatte man sich kurzfristig dazu entschlossen, diese Reise zu buchen. Das Weihnachtsfest sollte dann im Januar nachgeholt werden. Maja war neun und ein reizendes, kleines Mädchen. Sie war sehr gut erzogen und genoss diese Reise in vollen Zügen, wie es schien.

„Eine bunt zusammengewürfelte Truppe, aber alle ganz erträglich", so urteilte Dennis später eher etwas zynisch über ihre Tischgenossen. Marla seufzte, ab und zu ging ihr das bornierte Gehabe von Dennis schon sehr gegen den Strich, zumal sie wusste, dass auch er nicht von Anfang an mit dem sprichwörtlichen „goldenen Löffel im Mund" geboren war, im Gegenteil, er hatte sich seine jetzige Position hart erkämpft, aber das vergaß er nur zu gern.

Der zweite Tag an Bord war ein reiner Seetag, und Marla und Dennis genossen es spät aufzustehen. Nach dem guten Frühstück wollte Dennis gern mit Raffael eine Runde Squash spielen, während Marla sich die Behandlung im Nagelstudio gönnte und anschließend auch dem Frisiersalon einen Besuch abstattete. Hochzufrieden kam sie zurück in ihre Kabine. Auch Faulenzen konnte gelegentlich sehr schön sein, fand sie, und Dennis stimmte ihr aus vollem Herzen zu. Der nächste Tag war bereits der Heilige Abend, und sie würden in Cadiz ankommen, Wer Lust hatte, konnte dort für einige Stunden an Land gehen, bevor es am frühen Abend im großen Speisesaal das festliche Galadinner gab. Die meisten

Passagiere entschlossen sich dazu diese Gelegenheit zu nutzen. Auch Marla und Dennis gingen von Bord. Sie fanden die pittoreske Altstadt und den Hafen von Cadiz sehr romantisch, und suchten sich dort ein kleines, verträumtes Lokal, in dem sie eine Kleinigkeit zu Mittag aßen. Bestens gelaunt kamen sie von ihrem Landausflug zurück an Bord.

Als sie den festlich dekorierten Speisesaal betraten, fiel ihnen gleich der riesige Weihnachtsbaum ins Auge, der in einer Ecke des Raumes stand und geschmackvoll in zarten Silbertönen geschmückt war. Auf den Tischen lagen silbrig schimmernde Tischbänder und passende Servietten. Aber zum Glück fehlte auch hier komplett das „weihnachtliche Gedudel", wie Dennis sich ausdrückte, und es erschien ebenfalls kein Weihnachtsmann, der womöglich auch noch Werbegeschenke vom Reisebüro verteilte.
„Hattest Du etwa damit gerechnet?", erkundigte Raffael sich bei ihm.

„Nein, nicht wirklich, schließlich sind wir alle hier doch sozusagen vor Weihnachten geflüchtet, aber man weiß ja nie", antwortete Dennis.

„Ich habe allerdings für Maja eine Kleinigkeit gekauft, die ich ihr gern schenken würde, denkt ihr, dass ihre Großeltern das erlauben?", fragte Raffael.

„Warum denn nicht, was ist es denn?", wollte Marla gern wissen.

„Es gibt in Cadiz einen Laden, in dem kann man Ketten und alle möglichen Andenken kaufen, da stand auch eine kleine geschnitzte Katze, die habe ich für Maja mitgebracht. Sie liebt Katzen über alles, das hat sie mir verraten!"

„Darüber wird sie sich bestimmt freuen, denke ich", meinte Marla. Als die Brink´s mit Maja wenig später zu ihnen stießen, nahm Raffael Helen Brink beiseite und erkundigte sich vorsichtig, ob er Maja sein kleines Mitbringsel geben durfte. Diese Bitte wurde ihm lächelnd gewährt, und wie von ihm erhofft, freute Maja sich sehr über dieses Geschenk. Nach dem mehrgängigen

Menü konnten die Gäste wahlweise in einer der Bars an Bord weiterfeiern oder sich einen weihnachtlichen Film im großen Kinosaal anschauen. Marla und Dennis entschieden sich, gemeinsam mit Raffael dazu, den Heiligen Abend in einer Bar ausklingen zu lassen, während die Brink´s sich mit Maja den Weihnachtsfilm ansehen wollten.

„Ich kenne den Film, er ist wirklich sehr stimmungsvoll", sagte Marla, bevor sie sich von der Familie Brink verabschiedete. Das bestätigte Helen Brink ihr am nächsten Tag beim Frühstück. Auch Maja hatte der Familienfilm sehr gefallen, und sie freute sich schon darauf, dass ihr Schiff am späten Nachmittag dann die malerische Insel Fuerteventura erreichen sollte. Dort konnten sie am nächsten Tag wieder an Land gehen und das spanische Lebensgefühl in aller Ruhe auskosten, denn hier waren zwei volle Tage Aufenthalt eingeplant.

„Das war wirklich eine tolle Idee von Dir, zu Weihnachten diese Reise vorzuschlagen", lobte sie Dennis zum wiederholten Male, als er mit Marla an der Meerespromenade in Puerto del Rosario in einer winzigen Taverne saß. Sie stimmte ihm zu, dachte aber doch ein bisschen wehmütig an das deutsche Schmuddelwetter daheim. Sie hätte nie gedacht das jemals zu vermissen, deshalb behielt sie diesen Gedanken für sich. Ihr ging der ganze Weihnachtsrummel zwar auch auf die Nerven, aber so gar nichts davon mitzubekommen, das war denn doch nicht ihr Ding, wie sie sehr verwundert feststellte. Und plötzlich konnte sie Raffael gut verstehen, der während der ganzen Tour immer ein wenig melancholisch wirkte. Er hatte sich inzwischen überwiegend der Familie Brink angeschlossen, und ganz besonders mit Maja schien er sich bestens zu verstehen.

Am nächsten Morgen fehlten Helen und Maja beim Frühstück.

„Meine Damen fühlen sich leider nicht ganz wohl", erklärte Gero ihnen kurz und knapp.

„Oh, das tut mir aber leid, ich gehe gleich mal zu ihnen und sehe nach ob sie Hilfe benötigen", bot Marla an. Aber Gero winkte nur lässig ab.

„Nein, das ist sicher nicht nötig, denke ich. Trotzdem vielen Dank!"

Na gut, dachte Marla und beschloss, am Nachmittag dennoch an der Kabinentür zu klopfen, falls sie bis dahin weder Maja noch Helen gesehen haben sollte. Die Stunden an Bord vergingen so schnell, und sie dachte erst beim Abendessen wieder an ihren Vorsatz. Helen war erschienen, allerdings fehlte Maja noch immer, und dieses Mal war Gero bei ihr geblieben, um sich um sie zu kümmern.

„Morgen ist sie sicher wieder ganz fit", meinte Helen, und damit gab sich Marla zufrieden. In den nächsten Tagen fehlte immer einer der Brink`s am Tisch, und gelegentlich schien auch Raffael wenig Lust zu haben an den Mahlzeiten teilzunehmen. Ganz eindeutig konnte da etwas nicht stimmen, fand Marla, aber Dennis meinte nur, sie solle sich da nicht einmischen, denn auch wenn er seine Tischnachbarn gern mochte, enge Freunde waren sie ja nicht.

Als Marla schließlich Raffael fragte, was denn nur mit den Brink`s los sei, gab er eine ausweichende Antwort, und das fachte ihre Neugierde natürlich umso mehr an. Sie beschloss der Sache auf den Grund zu gehen, und so klopfte sie nach ihrer Rückkehr aus Agadir an der Kabinentür der Familie Brink. Einen Augenblick später wurde die Tür zögernd einen Spalt breit geöffnet und Maja steckte ihren Kopf heraus.

„Hallo Maja, was ist mit Euch los? Übermorgen kommen wir doch schon wieder in Mallorca an, wollen wir nicht wenigstens einen dieser letzten Abende noch gemeinsam verbringen?", schlug Marla vor und drängte sich an Maja vorbei.

Was sie da zu sehen bekam, erstaunte sie allerdings in höchstem Maße. Denn mitten auf dem Bett lag eine sehr magere, getigerte Katze mit struppigem Pelz und säugte zwei winzige Katzenbabys. Ein schwarzweiß gestromtes und ein rötlich geflecktes. Die Katzenkinder hatten ihre Augen noch geschlossen und waren unglaublich niedlich, fand Marla.

„Das ist also Dein Geheimnis!", staunte sie, während Maja sie schuldbewusst ansah, und Helen aus dem Nebenraum kam.

„Maja hat die Katze auf Fuerteventura aufgelesen und sie heimlich mit an Bord gebracht. Wir haben es erst bemerkt, als das Schiff schon wieder abgelegt hatte, aber wir konnten sie doch nicht einfach ins Meer werfen" bekannte Helen verlegen. „Und vorgestern Nacht hat sie dann ihre Jungen bekommen. Raffael weiß auch Bescheid. Er hat ganz fest versprochen uns zu helfen die Katzenfamilie von Bord zu schmuggeln. Bitte verrate uns nicht!", fügte sie hinzu.

„Aber natürlich nicht, wo denkst Du hin", erklärte Marla hastig. „Aber wie wollt ihr sie denn mit nach Hause bekommen, oder sollen sie auf Mallorca bleiben?", fragte sie.

„Nein, eigentlich nicht, denn da gibt es doch schon viel zu viele wildlebende Katzen."

„Oje, das wird alles nicht so einfach. Maja, was hast Du Dir nur dabei gedacht, sie mitzunehmen?", fragte Marla.

„Sie ist mir ein ganzes Stück nachgelaufen, und irgendwann habe ich sie in meinen Rucksack gesteckt, als Oma und Opa in der Taverne unser Essen bezahlt haben, sie tat mir so leid!", berichtete Maja eifrig.

„Inzwischen weiß Maja natürlich, dass es nicht in Ordnung war, die Katze so einfach mitzunehmen", erklärte ihr Gero, der hinzugetreten war, „aber jetzt müssen wir auf jeden Fall ein gutes Zuhause für sie und die Kleinen suchen, eher finden wir alle keine Ruhe!"

„Da habe ich vielleicht eine Idee" überlegte Marla.

Sie dachte daran, dass Juan, ihr Stewart, in einem Gespräch erwähnt hatte, dass ein Teil seiner Familie auf Mallorca lebte. Er hatte Dennis und ihr während der ganzen Reise mit Rat und Tat zur Seite gestanden und war wirklich ein feiner Kerl. Irgendjemanden an Bord mussten sie schließlich einweihen, bevor die Katze entdeckt wurde, und es erst recht Ärger gab. Dafür erschien ihr der junge Stewart am besten geeignet zu sein.

„Wie habt Ihr es denn bis jetzt geschafft, die Katze zu verstecken, wenn die Kabinen saubergemacht wurden?", erkundigte sie sich.

„Sie hat nie protestiert, wenn sie einige Zeit im Schrank verbringen musste, allerdings wollten wir sie auch nicht zu lange allein lassen, deshalb musste immer einer von uns hier bleiben", erklärte Gero lakonisch.

„Ja, und Raffael hat uns auch geholfen", verkündete Maja stolz.

„Also, ich gehe gleich zu Juan und bitte ihn um Hilfe. Dann komme ich zurück und erzähle Euch, was er gesagt hat", nahm Marla sich vor.

Ihr Gespräch mit Juan verlief prächtig, sogar noch besser als erwartet. Er staunte sehr darüber, wie es Maja und ihren Großeltern gelungen war, die Katze tagelang zu verstecken, stimmte Marla aber sofort zu, dass sie auf jeden Fall gut untergebracht werden müsse. Seine Cousine Maria lebte mit ihrem Mann auf Mallorca, sie hatten dort eine Finca mit drei Gästezimmern. Vielleicht würden sie die Katze dortbehalten können, ansonsten würde Maria, die eine große Tierfreundin war, sicher jemanden finden, der sich um die Tiere kümmern konnte, versprach er. Sobald er Gelegenheit fände, würde er sie anrufen. Mit dieser Auskunft musste Marla sich vorerst zufriedengeben. Sie gab den Inhalt ihres Gesprächs mit Juan auch gleich weiter, und Maja schien etwas getröstet, weil sie wusste, dass ihre Katze sicher bald ein gutes Zuhause finden würde. Nur zu gern hätte sie das Findelkind und auch die Babys mit nach Deutschland genommen, aber die ganze Katzenfamilie in den Flieger zu schmuggeln, das wollten ihre Großeltern lieber nicht riskieren.

„Aber zuhause, da bekommt Maja eine eigene Katze, das haben wir ihr ganz fest versprochen", erzählte Gero. „Schließlich gibt es ja auch bei uns ganz viele heimatlose Katzen, die Tierheime sind doch alle voll!"
Zwei Stunden später erschien Juan bei Marla und erzählte ihr voller Stolz, dass er Maria erreicht und sie sofort zugestimmt hatte, die Katze bei sich aufzunehmen und ihre Babys

auch. Ihre alte, heiß geliebte Katze Sunny, war vor kurzem gestorben, und sie hatte es noch nicht fertiggebracht, sich eine neue ins Haus zu holen. Sie freute sich schon auf den Familienzuwachs und wollte die Katze und ihre Jungen selbst abholen, sobald das Schiff wieder in Mallorca ankommen würde. Sie hatte sogar vorgeschlagen, dass die Familie Brink sie und ihren Mann Ramon jederzeit besuchen, und sich selbst vom Wohlergehen ihrer Katzen überzeugen könnte.

„Oh Juan, das ist wunderbar, das muss ich gleich Maja und ihren Großeltern erzählen! Vielen, vielen Dank für Deine Hilfe", freute sich Marla. Sie wollte Juan ein großzügig bemessenes Trinkgeld geben, was dieser allerdings mit dem Hinweis „ich habe gern geholfen und mag Tiere" ablehnte. Eine bessere Lösung gab es nicht, und so war Marla sehr mit sich zufrieden, weil ihre Mission so gut gelungen war.

Aber ob sie es Dennis erzählen würde? Darüber wollte sie lieber erst noch einmal gründlich nachdenken. Überhaupt fand sie, dass sie über einiges was ihre Beziehung betraf mit ihm reden sollte, denn auch das war ihr auf dieser Weihnachtsreise sehr deutlich geworden.

Heiligabend in der Notaufnahme

Manchmal hasse ich meinen Beruf fast, dachte Kirsten und seufzte. Sie hatte zwar seinerzeit aus voller Überzeugung den Menschen wirklich helfen zu wollen Medizin studiert, aber es gab trotzdem Tage, so wie an diesem Heiligen Abend, an denen sie die anderen Frauen beneidete, die eventuell nur einen Halbtagsjob hatten oder freiberuflich tätig waren und sich ihre Arbeitszeit ganz und gar selbst einteilen konnten. Als Ärztin, die noch dazu Single war, hatte sie ständig zu ungünstigen Zeiten Dienst. Natürlich verstand sie es durchaus, dass die Kollegen die Familie hatten, gerade an Tagen wie diesem gern zuhause waren, aber ab und zu fiel es ihr doch nicht leicht zu akzeptieren, dass sie so gut wie immer zurückstecken sollte. Es war ohnehin schwer genug für sie, bei ihren ständig wechselnden Not- und auch Wochenenddiensten einen entsprechenden Partner zu finden, der das anstandslos und vor allem auf die Dauer mitmachte. Sie seufzte noch einmal, weil sie daran dachte, dass aus diesem Grund bereits einige, teilweise anfangs tatsächlich sogar recht vielversprechende, nette Beziehungen letztlich wieder einmal daran gescheitert waren. Sie atmete noch einmal ganz tief durch und versuchte dann ein aufmunterndes Lächeln für den nächsten Notfallpatienten aufzusetzen. Schließlich kam niemand, und das gerade heute, gern in die Ambulanz.

Ein kleines Mädchen lag dort bereits mit schmerzverzerrtem Gesicht und seltsam verrenkten Gliedern auf der schmalen Untersuchungsliege. Tapfer versuchte die Kleine ebenfalls ein Lächeln, was ihr allerdings kläglich misslang. Sie hatte offenbar sehr starke Schmerzen, das sah Kirsten sofort. Der junge Mann, der neben der Kleinen stand, schien ihr Vater zu sein. Kirsten stellte sich kurz vor und sagte: „Guten Tag, mein Name ist Dr. Kirsten Freese, und wie heißt Du?", wandte sie sich an die Kleine.
„Ich bin Jule Bach, und mein Papa heißt Oliver", bekam sie zur Antwort.

„Na Jule, was hast Du denn angestellt, dass Du hier bei uns gelandet bist?", erkundigte Kirsten sich.

„Wir sind Schlitten gefahren, Papa und ich. Heute hatte er endlich einmal Zeit dafür", erzählte ihr Jule treuherzig.

„Ach, und dann bist Du gestürzt, nicht wahr?"

Unglücklich nickte Jule und ihr Vater setzte hinzu: „Dann hatten wir zusätzlich Pech, dass von der anderen Seite noch ein Junge mit seinem Schlitten Jule gerammt hat. Ihm ist dabei allerdings nichts geschehen."

„Dann zeig mir bitte mal wo es Dir am meisten weh tut?", erkundigte Kirsten sich, bevor sie damit begann, den zarten Körper des Kindes behutsam abzutasten

„Überall tut es weh", wimmerte die Kleine, während ihr Vater mit sehr unglücklichem Gesicht danebenstand und aufmerksam jede der noch so vorsichtigen Bewegungen der jungen Ärztin verfolgte.

„Also, ich denke, um ganz sicher zu sein, sollten wir einige Röntgenbilder machen", ordnete Kirsten an, und bat eine der Schwestern Jule gleich mitzunehmen.

„Ich befürchte eine Fraktur des linken Oberarms und möglicherweise hat der rechte Knöchel auch etwas mehr abbekommen, darauf sollten Sie bitte besonders achten!", instruierte sie die Schwester, bevor die mit Jule den Raum verließ.

„Herr Bach, Sie warten bitte draußen. Wir rufen Sie wieder herein, sobald wir Näheres wissen."

Sie sah ihm an, dass er es nur ungern zugelassen hatte, dass Schwester Anna seine kleine Tochter mitgenommen hatte.

„Machen Sie sich nicht zu viele Sorgen. Bei Kindern heilen auch Brüche relativ schnell", versuchte sie ihn zu trösten, während sie ihn sanft zur Tür hinausschob

Was für ein sympathischer Mann, dachte sie. Er war genau ihr Typ. Groß, schlank, üppige schwarze Locken und ganz wunderschöne tiefbraune Augen. Aber was war wohl mit Jules Mutter? An Weihnachten gehörte eine Familie doch zusammen, fand Kirsten.

Gleich darauf rief sie sich selbst streng zur Ordnung, das ging sie doch überhaupt nichts an. Wie gern hätte sie ebenfalls so eine süße, kleine Tochter; aber sie schaffte es ja nicht einmal eine stabile Beziehung aufzubauen.

Schon stand der nächste Patient vor ihr und forderte ihre ganze Aufmerksamkeit. Er erzählte, der brennende Weihnachtsbaum sei plötzlich umgefallen, und bei dem Versuch das Schlimmste zu verhindern, hatte er sich einige arge Verbrennungen zugezogen, die sehr schmerzhaft waren. Wie unvernünftig manche Leute doch sein konnten! Wenn man echte Kerzen am Weihnachtsbaum haben wollte, dann sollte man unbedingt darauf achten, dass die Tanne fest verankert war, schoss es Kirsten durch den Kopf, hütete sich allerdings dem armen Kerl in dieser Situation deswegen auch noch Vorwürfe zu machen. Sie versorgte ihn so gut es ging und bestellte ihn für den nächsten Tag noch einmal in die Ambulanz, um die Verbände fachgerecht wechseln zu lassen, denn die von ihr vorgeschlagene stationäre Aufnahme lehnte er rigoros ab. Es war schließlich Weihnachten, und der Schrecken für die ganze Familie sei auch so schon groß genug gewesen, so begründete er seinen Entschluss, den Kirsten durchaus verstehen konnte, auch wenn es besser gewesen wäre, ihn einige Tage in der Klinik zu behalten.

Dann kam Schwester Anna mit Jule zurück, und Kirsten´s Diagnose erwies sich leider als richtig. Der linke Oberarm der Kleinen war gebrochen, und der rechte Knöchel hatte zudem einen feinen Haarriss und sollte vorsichtshalber auch erst einmal einige Tage ruhiggestellt werden. Sie bat Oliver Bach, der in der Zwischenzeit äußerst nervös im Warteraum gesessen hatte, wieder herein zu kommen und informierte ihn über die Ergebnisse der Röntgenuntersuchung.
„Ich mache mir solche Vorwürfe!", bekannte er zerknirscht. „Wir hätten lieber in die Kirche statt zum Schlittenfahren gehen sollen. In den Jahren zuvor sind Jule und ich immer in den Familiengottesdienst

gegangen, aber heute bei diesem tollen Winterwetter haben wir uns das geschenkt, weil es ja in den nächsten Tagen schon wieder tauen soll. Es gibt hier doch so selten Gelegenheit zum Schlittenfahren! Aber wir hätten vielleicht morgen noch in den Wald gehen können, dann wäre wenigstens der Heilige Abend gerettet gewesen", meinte er unglücklich.

„Morgen sind die Pisten bestimmt noch voller, und es wäre möglicherweise sogar mehr passiert, so etwas kann man doch nicht vorhersehen", versuchte sie ihn zu beruhigen.

„Wie geht es denn jetzt weiter?", wollte er dann wissen.

„Zunächst erhält Jule am Arm einen Gipsverband und es wäre ratsam, des Knöchels wegen einige Tage lang strikte Bettruhe einzuhalten. Heute Nacht würde ich sie gern hierbehalten, und wenn ihr Knöchel bis dahin nicht weiter anschwillt, dann können Sie ihre Tochter morgen wieder mit nach Hause nehmen", schlug Kirsten vor.

„Weihnachten im Krankenhaus, das hat uns gerade noch gefehlt, wie bringe ich das nur Jule bei?"

„Ach, sie ist ja eine tapfere junge Dame und sicher vernünftig, aber sie steht unter Schock, deshalb möchte ich sie auf jeden Fall für eine Nacht dabehalten", gab Kirsten ihm zu bedenken. Sehr zögernd stimmte Herr Bach zu.

„Gut, dann sind wir uns also einig. Ich komme gern mit zu Jule und sage ihr selbst, warum sie besser hierbleiben sollte. Nach meinem Dienst schaue ich auch noch einmal bei ihr vorbei – versprochen", bot Kirsten an.

Dankbar nickte der junge Vater ihr zu. Dann standen sie gemeinsam neben Jule, die gerade von Schwester Anna versorgt wurde.

„Tut es noch sehr weh?", fragte Kirsten Jule. An ihren Vater gewandt sagte sie: „Gegen die Schmerzen hat sie inzwischen ja auch etwas bekommen. Sie können sie gern zur Station begleiten und dann bei ihr bleiben so lange Sie möchten."

„Hallo Papa, wie gut, dass Du da bist!",
freute sich Jule, aber als sie erfuhr, dass sie
die Nacht über im Krankenhaus bleiben
sollte, verzog sie doch das Gesicht, und ein
Tränchen rollte über ihre blasse Wange.

„Ich habe ein ganz schlechtes Gewissen,
mein Schatz; das hätten wir beide uns wohl
nie träumen lassen, Weihnachten im
Krankenhaus, nicht wahr, aber die Frau
Doktor sagt, es geht nicht anders. Morgen
hole ich Dich nach Hause, bestimmt! Ich
bleibe bei Dir, wenn Du willst die ganze
Nacht", versprach er.

„Wenn ich Dienstschluss habe, dann schaue
ich auch noch einmal bei Dir vorbei",
versprach auch Kirsten Jule.

Dann verabschiedete sie sich schnell von
Vater und Tochter, da die nächste Patientin
bereits auf sie wartete.

Zum Nachdenken kam man an solchen
Tagen in der Notaufnahme oft gar nicht, und
so vergingen die Stunden bis Kirsten
Feierabend hatte ziemlich schnell. Endlich
konnte sie ihren weißen Kittel ausziehen und

fuhr mit dem Fahrstuhl hinauf zur Unfallstation, um wie versprochen, nach Jule zu schauen. Sie war rechtschaffen müde, aber ein Versprechen musste man halten. Erwartungsgemäß schlief Jule bereits, aber Oliver Bach saß noch am Bett seiner kleinen Tochter.

„Frau Doktor, wie nett!", begrüßte er sie.

„Ich hatte Ihnen und Jule doch versprochen noch mal vorbeizukommen. Schläft sie schon lange?"

„Nein, sie wollte eigentlich unbedingt wach bleiben bis Sie kommen würden, aber dann sind ihr doch die Augen zugefallen.", erwiderte Jule´s Vater.

„Das ist ja lieb, aber so ist es besser für sie. Keine Sorge, das Schlimmste hat sie überstanden. Bitte grüßen Sie Jule von mir und richten ihr aus, dass ich morgen vor dem Dienst noch einmal komme. Dann wird auch entschieden, ob sie mit Ihnen nach Hause gehen darf, aber ich gehe davon aus, dass es klappen wird."

„Wenn Sie morgen noch einmal kommen, wird sich Jule bestimmt sehr freuen", strahlte Oliver Bach und fügte hinzu „und ich auch!"

„Wie schön, dann ist das abgemacht, ich komme morgen früh", bekräftigte Kirsten erneut, bevor sie sich zum Gehen wandte. Der warme Glanz in den übermüdeten braunen Augen von Jules Vater, als sie den Raum betrat, war ihr durchaus nicht entgangen. Möglicherweise war es ja nur Dankbarkeit, die er ihr entgegenbrachte, weil sie seine Tochter behandelt hatte, aber vielleicht war es doch mehr, wer weiß, dachte sie vergnügt. Zu Weihnachten konnte vieles geschehen, sogar in der Notaufnahme eines Krankenhauses.

Flaschenpost

Ich liebe diese ruhigen Tage am Meer, dachte Nick jedes Mal, wenn er mit seinem Hund Ole an dem menschenleeren Strand entlangging. Vor allem um diese Jahreszeit fanden sich hier zum Glück nur wenige Touristen ein. Auch Ole schien diese langen Spaziergänge mit seinem Herrchen ebenso sehr zu genießen wie er. Fröhlich tollte er ohne seine Leine hin und her und lief manches Mal weit voraus, blieb aber immer in Sichtweite. Oft kam er sogar mit einem Stück Strandgut in der Schnauze wieder angetrabt, welches er Nick vor die Füße fallen ließ. Natürlich wartete er dann auf ein anerkennendes Wort, selbst wenn sein Herrchen diese Schätze im nächsten erreichbaren Mülleimer an der breiten Strandpromenade wieder entsorgen musste. Auf diese Art und Weise hatte er bereits etliche Dinge, wie zum Beispiel einzelne Socken, Taschentücher, eine zerrissene alte Badehose oder einmal eine Frisbeescheibe, mitgebracht. Dieses Mal hatte er allerdings etwas anderes gefunden. Eine Flaschenpost war es, die er stolz vor sich hertrug und vor Nick ablegte. Anschließend sah er mit fragendem Blick zu Nick hoch und wartete gespannt auf dessen Reaktion.

„Na, was hast Du denn heute wieder Schönes mitgebracht?", fragte Nick, als er die Flasche aufnahm, um sie einer genaueren Prüfung zu unterziehen. Sie war aus braunem Glas und trug kein Etikett mehr. Da sie mit einem Metallbügel fest verschlossen war, schien es sich um eine alte Bierflasche zu handeln. Diese Flasche war allerdings etwas Besonderes, denn man konnte sehen, dass in ihrem Inneren ein zusammengerollter Zettel steckte. Also eine Botschaft in einer Flaschenpost, dachte Nick amüsiert. Dieses Fundstück würde er mit nach Hause nehmen. Möglicherweise hatten ein paar Kinder sich den Spaß gemacht, die Flasche ins Wasser zu werfen, und sicher warteten sie schon ungeduldig darauf, ob sie gefunden worden war. Die wollte er nicht enttäuschen. Also strich er Ole anerkennend über den Kopf, lobte ihn ausführlich und verstaute die kleine Flasche sorgfältig in seiner Jackentasche. Prüfend sah er sich um; es wurde ohnehin höchste Zeit für den Heimweg. Der Wind war aufgefrischt und dazu hatte es leicht zu nieseln begonnen. Außerdem wurde es jetzt schon relativ früh dunkel, und sie waren schon eine ganze Weile unterwegs, Ole und er. Ein heißer Tee in seiner Ferienwohnung würde ihm guttun. Er bereute es ganz und gar nicht, dass er vor Jahren spontan zugegriffen hatte, als sich die Möglichkeit bot, sein bis dahin regelmäßig für mehrere Wochen im Jahr gemietetes, sehr gemütliches, kleines Appartement, als Eigentumswohnung käuflich zu erwerben. Hotels mochte er ohnehin nicht sonderlich, und in den meisten wäre Ole zudem nicht willkommen gewesen. Seit seiner Kindheit fuhr er mit seinen Eltern in diese Gegend; und sie war ihm längst zur zweiten Heimat geworden. Daher verbrachte er inzwischen gern auch seine freien Wochenenden hier im hohen Norden.

Als die beiden wenig später wieder daheim im Möwenweg angekommen waren, wurde erst einmal Ole versorgt, und dann zog sich Nick mit einer großen Kanne Tee, Kluntjes und ein paar seiner Lieblingskekse in seinen bequemen Ohrensessel vor dem bullernden Specksteinofen zurück. Ach ja, hier konnte man es wirklich aushalten, da mochte das Wetter draußen noch so ungemütlich sein. Dann goss er sich eine Tasse Tee ein, tat einen gehäuften Löffel voll Kluntjes hinein und öffnete nun gespannt die geheimnisvolle Flaschenpost. Durch den festen Verschluss war der Inhalt trocken und völlig unversehrt geblieben, so konnte er ohne Probleme das zusammengerollte Stück Papier daraus hervorziehen. Es zeigte sich recht schnell, dass diese Botschaft nicht, wie erwartet, von Kinderhänden verfasst worden war, sondern der Inhalt eindeutig einem erwachsenen Menschen mit einer sehr ausgeprägten Handschrift zuzuordnen war. Das machte ihn neugierig, und er begann den Text aufmerksam zu lesen. Wie sich herausstellte hatte eine junge Frau diese Zeilen verfasst und dem Meer anvertraut. Sie schrieb, sie sei Ende zwanzig und schien seit der Trennung von ihrem bisherigen Partner sehr unglücklich zu sein. So wie ich, schoss es Nick durch den Kopf, denn auch seine langjährige Partnerin hatte sich erst vor kurzem anderweitig orientiert und war ausgezogen. Gerade jetzt, so kurz vor Weihnachten, dachte er wehmütig. Aber so war nun einmal das Leben, es steckte voller Überraschungen und leider waren nicht alle schön. Die unbekannte Schreiberin verriet außerdem in ihrem Brief, dass sie Janna hieß, gern Krimis las, sowie Tiere und ausgedehnte Spaziergänge am Meer liebte. Falls jemals ein menschliches Wesen diese Flasche aus der Nordsee fischen sollte, würde sie sich über jeglichen Kontakt mit dem Finder oder der Finderin freuen. Mit dieser Bitte endete die Nachricht, bevor sie zum Schluss noch ihre E-Mailadresse angegeben hatte.

Um genau zu sein hatte Ole zwar die Flaschenpost gefunden und angeschleppt, aber da der Hund wohl kaum antworten konnte, würde Nick das selbstverständlich gern übernehmen. Abgesehen davon hatte ihn Janna´s Traurigkeit, die in diesem Brief sehr deutlich zu spüren war, auch betroffen gemacht. Sie schien sich wirklich im Moment sehr einsam und verlassen zu fühlen, und es konnte ganz gewiss nicht schaden, ihr eine unverbindliche Antwort zu schicken. So setzte er sich an seinen Laptop und sandte ihr eine kurze E-Mail, in der er ihr auch berichtete, dass sein Hund Ole der eigentliche Finder ihrer Botschaft gewesen war. Dann teilte er ihr mit, dass er in einer Kleinstadt in Westfalen zuhause war, aber derzeit hier in einem der Küstenorte weilte und verlor ebenfalls einige Worte über seine Hobbys. Am Ende schrieb er ihr sogar noch, dass er momentan ebenfalls Single und keineswegs glücklich über diesen Umstand war. Sollte er das lieber wieder streichen? Er kannte diese Janna doch gar nicht, überlegte er. Nein, entschied er, sie selbst hatte doch auch eindeutig durchblicken lassen, dass sie Liebeskummer hatte. Letztlich hatte sie von ihm ja nur seine E-Mail-Adresse, was konnte sie damit schon anfangen? Die Gefahr, dass sie womöglich plötzlich und unerwartet bei ihm auftauchen würde, war also nicht sehr groß. Also drückte er kurz entschlossen auf den Button mit der Aufschrift Senden, bevor er seinen Laptop ausschaltete, aufstand, sich eine weitere Kanne Tee kochte und dann sein Abendessen zubereitete.

Schon am Tag darauf erhielt er eine Antwort von Janna. Sie bedankte sich sehr herzlich bei ihm, weil er ihre Flaschenpost nach Hause mitgenommen und ihr dann auch noch diese nette E-Mail geschrieben hatte. Gleichzeitig schrieb sie ihm, dass sie, um ihrer Einsamkeit zu entfliehen, sich eine junge Hündin aus dem Tierheim geholt hatte. Vor allem an das in einigen Wochen bevorstehende Weihnachtsfest mochte sie nur ungern denken, weil sie es allein verbringen würde, so wie es aussah. Genau wie ich, dachte Nick – offenbar hatten sie eine ganze Menge gemeinsam. Ihre

Ehrlichkeit einem Fremden gegenüber hatte ihn tief berührt, und so antwortete er prompt, woraufhin er auch von ihr wieder sehr schnell eine Rückmeldung erhielt. Auch als er mit Ole schon längst wieder zuhause war, gingen regelmäßig E-Mails zwischen ihm und Janna hin und her. Ihre Bekanntschaft wurde immer intensiver, und schnell hatten beide das Gefühl, sich schon lange und gut zu kennen.

Irgendwann war es sogar Nick, der Janna vorschlug sich doch auch einmal persönlich kennenzulernen. Anfangs schien sie leider kein sonderliches Interesse daran zu haben, aber auf Nick's wiederholte Bitten darum, stimmte sie, wenn auch etwas zögerlich wie es ihm schien, einem solchen Treffen zu. Sie verabredeten schließlich, dass sie sich am ersten Advent in Aurich, zu einem Besuch des Weihnachtsmarktes, treffen wollten. Die dortige Markthalle kannten beide, und Janna würde Nick gewiss erkennen, denn er wollte Ole mitbringen. Von seinem Ole hatte sie längst ein Foto erhalten. Im Gegenzug hatte

Janna ihm ein Bild ihrer Hündin, die sie Beauty genannt hatte, gemailt. Seiner Frage nach einem Bild von ihr war sie bis jetzt geschickt ausgewichen, warum auch immer. So hatte sich auch Nick seinerseits damit begnügt ihr bisher nur Ole per Foto vorzustellen. Beide fieberten diesem Treffen entgegen, wenn auch aus unterschiedlichen Gründen.

„Kann man sich in jemanden verlieben, den man bisher nur per E-Mail kennt?", fragte Nick Ole, als die beiden überpünktlich und aufgeregt zur verabredeten Zeit am Eingang der Markthalle standen, um auf Janna zu warten. Doch der sah nur kurz hoch und bekundete seine Zustimmung durch ein kräftiges, kurzes „Wau!"
Um die sie herum pulsierte das Leben und Treiben des Weihnachtsmarktes. Etliche Stände wurden gut frequentiert und boten die unterschiedlichsten Dinge zum Kauf an. Der appetitliche Duft von Glühwein und Bratwurst stieg in ihre Nasen, und viele Besucher drängten sich an diesem Sonntag

durch die Straßen der ganzen Stadt. Überall schien festliche Stimmung zu herrschen. Janna hatte ihm bisher nur verraten, dass sie blond und blauäugig war. Zu ihrer ersten Begegnung wollte sie einen roten Mantel tragen, also hielt Nick nach einer Dame in Rot Ausschau. Dann sah er sie. Sie trug auch, wie verabredet, den roten Mantel und hinkte langsam auf ihn zu. Blitzartig wurde Nick klar, warum sie sich bisher geweigert hatte, ihn zu treffen. Entschlossen ging er ihr rasch entgegen.

„Hallo, Du musst Janna sein, ich bin Nick und das ist Ole, den kennst Du ja schon, nicht wahr? Ich freue mich wirklich Dich endlich persönlich kennenzulernen!"

„Danke, aber stört es Dich nicht…", begann Janna, und Nick fiel ihr gleich ins Wort: „Quatsch, wie kommst Du nur darauf? Komm, lass uns eine Waffel essen und einen Kakao trinken oder auch einen Glühwein, wenn Du den lieber magst, bevor wir über den Markt bummeln. Darf ich Dich dazu einladen?"

Janna strahlte ihn glücklich an und stimmte zu. Ole bekundete währenddessen ebenfalls seine Sympathie für sie, indem er unablässig an Janna hochsprang.

„Siehst Du, Ole hat Dich schon ins Herz geschlossen", sagte Nick, während er Janna mit sich fortzog.

„Er ist aber auch wirklich ein putziges Kerlchen", meinte Janna liebevoll, während sie versuchte ihn zu streicheln

Stunden später saßen sie immer noch in der gemütlichen Teestube, und mochten sich gar nicht mehr voneinander trennen. Janna hatte Nick erzählt, dass sie im letzten Winter einen Skiunfall gehabt hatte. Als Folge davon war und blieb leider ihr linkes Bein verkürzt. Sehr lange hatte sie deshalb im Krankenhaus gelegen, und die Ärzte hatten alles versucht um ihr zu helfen, aber nur mit mäßigem Erfolg. Dieses Unglück hatte ihr Freund nicht verkraftet und sich schließlich, einige Wochen nachdem sie wieder zuhause war, von ihr getrennt. Die Flaschenpost ins Meer zu werfen, war eine spontane Idee von ihr gewesen, um ihren ganzen Frust über diese Enttäuschung loszuwerden, vertraute sie Nick an.

„Wie gut, dass Du es getan hast, sonst hätten wir uns wohl nie getroffen!", meinte Nick.

„Ja und was für ein Glück für uns, dass Ole angeschwemmtes Strandgut so sehr liebt!", ergänzte Janna. „Hoffentlich wird er sich demnächst auch mit Beauty vertragen, denn die muss er ja auch bald kennenlernen."

„Da bin ich sehr zuversichtlich, wenn sie so reizend ist wie Du, dann auf jeden Fall!", versicherte Nick ihr galant.

Und plötzlich freute er sich wieder auf Weihnachten – sehr sogar!

Der Ausflug

Völlig fasziniert stand der kleine Sascha vor der Krippe des großen Weihnachtsmarktes. In voller Lebensgröße konnte man dort Maria und Josef, die Eltern des Christkindes, bestaunen. Maria sah mit einem verklärten Lächeln auf ihr Kind in der Krippe herab und nickte immerzu. Josef, der neben ihr stand, schwenkte seine Laterne auf und ab, und das niedliche Baby in der Krippe hob unaufhörlich seine kleinen Händchen und strampelte mit den winzigen Füßchen. Ob es nie müde wurde? Aber am allerbesten gefielen Sascha die echten Tiere, die mit der Heiligen Familie zusammen in dem Stall standen, zwei Schafe und ein Esel mit struppigem, grauem Fell. Eines der Schafe schien müde zu sein, denn es lief in eine Ecke und kauerte sich dort nieder. Das andere stieß ab und zu leise Mäh-Laute aus. Der alte Esel wiederum war äußerst gutmütig, denn er hatte sich schon eine ganze Weile sehr bereitwillig von einigen größeren Kindern streicheln lassen, das hatte

Sascha gesehen, der sich allerdings nicht getraut hatte es selbst auch zu versuchen. Vielleicht konnte Laura oder Tina ihn hochheben, aber wo waren sie? Gerade eben hatten die anderen Kinder doch noch neben ihm gestanden. Jetzt waren sie alle fort, aber wo waren denn Tina und Laura, die beiden Erzieherinnen mit denen sie hierhergekommen waren, nur geblieben? Suchend sah er sich um. Waren sie mit der Gruppe etwa weitergegangen und hatten ihn hier vergessen? Tränen stiegen in ihm hoch, und er rief so laut er konnte: „Laura, wo bist Du denn?"

Diesen Hilferuf hörte Frau Fischer, die Besitzerin des Kinderkarussells. Ihr war der süße kleine Blondschopf mit der leuchtend roten Jacke, der da so versunken vor der lebenden Krippe stand, zwar aufgefallen, aber sie hatte viel zu tun gehabt und deshalb nicht weiter auf ihn geachtet. Unaufhörlich hatte sie Fahrchips herausgegeben, weil heute sehr viele Kinder mit ihren Eltern da gewesen waren, die auf dem Rücken der Karussellpferde, in den Autos oder in der

Prinzessinnengondel sitzen und sich im Kreis drehen wollten. Jetzt war es etwas ruhiger geworden – zum Glück.

„Ich schaue mal was mit dem Kleinen da los ist", informierte sie den jungen Mann, der auf dem Karussell mitfuhr, den kleinen Kunden die Chips abnahm und während der Fahrt auf die Sicherheit der Kinder achtete.

„Ist gut", nickte er gleichgültig.

Ihr tat der Kleine leid! Wie konnte man denn nur ein Kind einfach so allein hier stehen lassen? Unverantwortlich fand sie das! Dann stand sie neben dem Jungen und sprach ihn an: „Hallo, wie heißt Du? Ist Laura Deine große Schwester, und solltest Du hier auf sie warten?"

Das Weinen verstummte, und der Kleine schwieg, während einige dicke Tränen über seine vom Weinen stark geröteten Wangen rollten. Also nahm Frau Fischer ein sauberes Taschentuch aus ihrer Manteltasche und wischte ihm damit vorsichtig das Gesicht ab. „Wie heißt Du denn nun?", forschte sie, und erkundigte sich noch einmal: „Ist Laura

Deine Schwester, und sollst Du hier auf sie warten?"

Energisch schüttelte der Kleine den Kopf, blieb aber stumm.

„Was mache ich denn nur mit Dir?", überlegte Frau Fischer laut. Sicher hatte man dem Jungen eingebläut nicht mit Fremden zu sprechen, aber sie konnte ihn doch nicht so einfach seinem Schicksal überlassen; so viel stand fest.

„Willst Du mir nicht wenigstens verraten wie Du heißt?", fragte sie, und tatsächlich schien das Kind nun endlich ein wenig Vertrauen zu ihr gefasst zu haben.

„Sascha", antwortete er leise.

„Was für ein schöner Name!", lobte ihn Frau Fischer. „Ich habe auch einen Sohn, aber der ist schon groß. Mir gehört das Karussell da drüben. Magst Du eine Runde mitfahren?"

Getröstet nickte der Kleine.

„Dann komm, da habe ich ein Handy, und wir können die Polizei anrufen. Die findet Laura ganz sicher, und dann kann sie Dich bei mir abholen. Was meinst Du dazu?", fragte sie. Als Antwort schob Sascha seine kleine Hand in ihre, und warf den Schafen, sowie dem alten Esel noch einen letzten bedauernden Blick zu, bevor er sich von ihr fortziehen ließ.

„So, da sind wir. Möchtest Du vielleicht auf einem der Pferdchen reiten oder lieber im Polizeiwagen sitzen?", bot sie Sascha an. Der ließ ihre Hand los und kletterte gleich mit strahlendem Gesicht in das große, grüne Polizeiauto, drückte voller Begeisterung auf die Hupe und freute sich, als er das Blaulicht über seinem Kopf funkeln sah.

„Hab ein Auge auf ihn, ich muss die Polizei anrufen", bat Frau Fischer ihren Mitarbeiter. Mit diesen Worten ging sie zurück in ihr Kassenhäuschen, um den Notruf zu wählen. Der freundliche Beamte versprach sofort ihr unverzüglich Hilfe zu schicken. Nur wenige Minuten später tauchte ein Streifenwagen auf, aus dem ein älterer Polizist und seine Kollegin ausstiegen.

„So Sascha, diese beiden Polizisten nehmen Dich jetzt mit, und dann wird Laura bestimmt auch bald kommen, um Dich abzuholen", verabschiedete Frau Fischer sich von Sascha und drückte ihn kurz an sich. Dann steckte sie ihm noch schnell ein paar Fahrchips für das Karussell in seine Anoraktasche und meinte: „Wenn Du mich mit Laura besuchen kommst, dann darfst Du damit ein paar Mal umsonst fahren!"

Fröhlich nickte Sascha, bevor er in das wartende Polizeiauto kletterte.

„Hallo Sascha, ich bin Ute und das hier ist Hans-Joachim", stellte die junge Beamtin sich und ihren Kollegen vor. „Kannst Du uns jetzt erst mal erzählen wo Du wohnst und wer Laura ist, ja?", bat sie den Jungen, nachdem sie neben ihm auf dem Rücksitz Platz genommen hatte.

Sascha schüttelte den Kopf. Erst vor kurzem waren er und seine Mama hierhergezogen. Deshalb hatte er sich einfach noch nicht gemerkt wie die Straße hieß, in der er seit einigen Wochen zuhause war. Und in den Kindergarten ging er ja auch erst seit wenigen Tagen.

„Na gut, aber wer ist denn Laura, heißt Deine Schwester so?", wollte Ute wissen.

„Und wie bist Du denn überhaupt hierhergekommen?"

Sascha überlegte einen Moment, bevor er antwortete.

„Mit Laura, Tina und den anderen Kindern im Bus", verkündete er schließlich.

„Sascha, wie alt bist Du?", fragte Ute weiter. „Gehst Du in den Kindergarten?"

Sascha nickte heftig und reckte dabei stolz vier Finger in die Luft. Aha, mit dieser Auskunft konnten die Polizisten schon mehr anfangen. Dann waren sie bei der Wache angekommen und widerstrebend stieg Sascha aus. Die Fahrt in einem echten Polizeiauto hatte ihm ausnehmend gut gefallen. Drinnen wurde er von Ute gefragt, ob er vielleicht einen heißen Kakao und ein paar Kekse mochte. Wieder nickte er, ließ sich willig den dicken Anorak ausziehen und die Mütze vom Kopf nehmen. Er verlor seine Scheu vollends, als es dem netten Dienststellenleiter gelang, hinter seinem Öhrchen einen kleinen Weihnachtsmann aus Schokolade hervorzuzaubern. Strahlend nahm er ihn entgegen und fragte ob er den auch gleich aufessen dürfe. Natürlich durfte er das tun!

Inzwischen war den beiden Erzieherinnen des Kindergartens „Fliegenpilz" aufgefallen, dass einer ihrer Schützlinge fehlte. Sie standen am Bus und wollten zurückfahren, als Laura bemerkte, dass der neue kleine Junge, Sascha hieß er, fehlte. Sie und Tina hatten heute fünfzehn Kinder zu diesem Ausflug mitgenommen, und ursprünglich hätte eine weitere Kollegin sie begleiten sollen, die sich allerdings kurzfristig krankgemeldet hatte. Da die anderen Kitagruppen ebenfalls krankheitshalber sehr schlecht besetzt waren, konnte auch von dort niemand einspringen. Der Bus war bestellt, und die Kinder freuten sich doch alle schon tagelang auf den Besuch des großen Weihnachtsmarktes, deshalb hatten Laura und Tina beschlossen, diesen geplanten Ausflug auch zu zweit durchzuziehen.

„Verflixt, wo mag er nur stecken?", sorgte sich Laura. Sie hatte den stillen kleinen Kerl mit den wasserblauen Augen gleich ins Herz geschlossen. Eine Zeit lang war er ganz brav an ihrer Hand gelaufen, aber wo hatte er sich nur unbemerkt davongeschlichen? Diese Rasselbande nur zu zweit im Auge zu behalten, das war wirklich nicht einfach gewesen, aber natürlich war das absolut keine Entschuldigung. Sie und Tina hätten einfach noch besser aufpassen müssen. Laura machte sich wirklich die allergrößten Vorwürfe, und Tina sah sie ebenfalls sehr betroffen an.

„Was machen wir denn nun?", fragte sie ängstlich.

„Du bleibst mit den Kindern hier und sorgst dafür, dass alle im Bus bleiben. Ich gehe zurück und suche den Markt nach ihm ab, er muss doch irgendwo sein", versuchte sie sich selbst und Tina zu beruhigen. Die nickte und half den Kindern in den Bus zu steigen, während Laura sich beklommen auf den Weg machte. An allen Ständen fragte sie nach Sascha, aber den meisten Schaustellern war der kleine Junge im roten Anorak nicht einmal aufgefallen. Auf ihre Frage danach erntete sie überwiegend bedauerndes Kopfschütteln. Lediglich eine Frau meinte sich zu erinnern, dass sie Sascha gesehen hatte, als sie mit ihrer Gruppe in die Richtung der lebenden Krippe gelaufen waren. Stimmt, da hatten sie sich eine Weile aufgehalten, erinnerte sich Laura. Sie und Tina hatten Mühe gehabt, die Kinder von dort loszueisen und zum Weitergehen zu bewegen. Echte Tiere kannten die meisten von ihnen kaum. Sie hastete weiter, und die lebendige Krippe kam in Sicht. Aber dort war Sascha leider nicht mehr. Verzweifelt sah sie sich um. Weitere Stände gab es an dieser Ecke auch nicht. Nur noch ein winziges, nostalgisches Kinderkarussell drehte hier seine Runden, und zwei kleine Mädchen saßen in der rosafarbenen Prinzessinnengondel.

„Haben Sie hier vor kurzem einen blonden Jungen in Jeans und einem roten Anorak gesehen?", sprach sie eine der Mütter an, aber die schüttelte nur den Kopf, wandte sich ab und unterhielt sich weiter mit der anderen Dame. Zum Glück hatte Frau Fischer, die schon längst wieder in ihrem

Kassenhäuschen thronte, diese Frage gehört und kam wie der Blitz daraus hervorgeschossen.

„Sind Sie Laura?", fragte sie resolut.

„Ja, ich heiße Laura und suche einen kleinen Jungen, der mir in dem Trubel hier abhandengekommen ist", entgegnete Laura aufgeregt.

„Na, da kann ich Ihnen helfen, mein Kind", beruhigte Frau Fischer sie, und spürte wie ihr Zorn verflog, als sie die zitternde junge Frau vor sich sah. Eigentlich müsste man ihr tüchtig die Leviten lesen, dachte sie, aber sie wusste im gleichen Moment, dass sie das nicht fertigbringen würde. Die Angst um Sascha stand der jungen Dame buchstäblich im Gesicht geschrieben, das war schon Strafe genug, fand Frau Fischer. Also erzählte sie Laura schnell, dass Sascha sich derzeit in Polizeigewahrsam befand und gab ihr auch die Adresse und Telefonnummer der Wache. Erleichtert zog Laura sofort ihr Handy aus der Tasche und rief dort an. Sie vereinbarte mit dem Polizisten, der ihren Anruf entgegennahm, dass sie so schnell wie möglich kommen und Sascha abholen würde. Ihre Erleichterung darüber, dass es ihm gutging, war grenzenlos, und sie bedankte sich überschwänglich bei Frau Fischer.

„Ist ja schon gut, aber jetzt holen Sie den Kleinen schleunigst wieder ab", riet ihr die ältere Frau.

„Ja natürlich, das machen wir", versicherte Laura Frau Fischer noch im Weggehen. Die Hauptsache ist doch, dass Sascha nichts geschehen ist, dachte sie dankbar, während sie sich auf dem Weg zu Tina und den wartenden Kindern machte. Im Laufen zog sie erneut ihr Handy aus der Tasche, um auch ihre Kollegin vorerst zu beruhigen.

Sascha lief ihr fröhlich entgegen, als sie wenig später die Tür zur Polizeiwache öffnete Er sah das Geschehene inzwischen längst als großes Abenteuer an. Vom Leiter der Dienststelle bekam Laura allerdings einige vorwurfsvolle Worte mit auf den Weg. Und er würde selbstverständlich auch einen Bericht über diesen Einsatz schreiben müssen, so informierte er sie abschließend. Außerdem machte er sie darauf aufmerksam, dass es auch Sascha´s Mutter unbenommen blieb wegen des Vorfalls Anzeige gegen sie und ihre Kollegin zu erstatten. Laura hörte sich das alles ohne jeglichen Widerspruch an. Sie wusste, diese Sache würde ganz sicher Konsequenzen für sie und Tina nach sich ziehen, aber die würden sie tragen müssen. Sascha ging es bestens und nur darauf kam es ihr in diesem Moment an!

Die Weihnachtsfeier

Olivia, so hieß die neue Kollegin in der Marketingagentur. Seit dem letzten Sommer ergänzte sie das Team und zeichnete sich durch Kollegialität und Fleiß aus, außerdem hatte sie viele originelle Ideen, nicht zuletzt deshalb war sie sehr beliebt.

„Hör mal, am 13. Dezember, da solltest Du Dir nichts vornehmen."

Darauf hatte ihr Kollege Patrick sie schon sehr rechtzeitig aufmerksam gemacht.

„Wieso, was ist denn dann?", fragte sie.

„An diesem Tag findet jedes Jahr unsere Weihnachtsfeier statt, seit Jahren schon. Egal, ob das mitten in der Woche ist oder das Datum auf einen Samstag oder Sonntag fällt. Und unser Chef legt großen Wert darauf, dass an dem Tag alle anwesend sind!"

„Ach so, alles klar. Ich versuche daran zu denken", gab Olivia zurück. Damit war für sie der Fall erst einmal erledigt, aber nun wurde sie daran erinnert. Inzwischen war es

Ende November, und in der kommenden Woche war der erste Advent. Wie schnell die Zeit doch vergangen war, das meinten alle, als man sich, wie an jedem Dienstag, zur wöchentlichen Besprechungsrunde im großen Konferenzsaal einfand. Am Ende der Sitzung erinnerte der Chef sie an die traditionelle Weihnachtsfeier.

„Dieses Mal habt Ihr Glück, der dreizehnte ist ein Mittwoch", erläuterte er. „Wie immer ist um zwölf Uhr Dienstschluss, und ab neunzehn Uhr dreißig erwarte ich Euch alle wieder hier – Ihr wisst ja Bescheid. Ich freue mich darauf, wie jedes Jahr! Wer von Euch hat denn Zeit und Lust eine Stunde früher zu kommen, um alles vorzubereiten?"

Außer Olivia meldeten sich noch zwei weitere Kolleginnen. Florentine und Nele, die beiden waren enge Freundinnen, soweit Olivia wusste. Sie mochte diese beiden gern. Mit ihnen zusammen den Raum zu schmücken, dass würde ihr gewiss Freude machen.

„Schön, dann ist das ja geklärt; ich danke Euch!", freute sich der Chef, bevor er die

Sitzung aufhob, und alle zurück an ihre Schreibtische gingen.

„Muss ich denn irgendetwas Spezielles mitbringen?", erkundigte Olivia sich bei Florentine, die alle hier nur Flo nannten.

„Ach ja, das weißt Du ja noch nicht, gut, dass Du fragst. Das Catering und die Getränke bezahlt immer unser Chef. Darum kümmert er sich auch selbst, das lässt er sich nun mal nicht nehmen. Wir hatten schon alles von Pizza bis Sushi. Was er sich in diesem Jahr ausgedacht hat – keine Ahnung. Wer mag, der kann gern ein paar selbst gebackene Kekse oder andere Süßigkeiten beisteuern, denn es gibt fast immer jemanden, der das Essen nicht mag. Es ist ja auch schwer, es allen recht zu machen, aber ich zum Beispiel würde niemals kalten, noch dazu rohen, Fisch mit Reis in irgendeinem Grünzeug eingewickelt essen – brrr! Es ist Tradition, dass wir alle eine Kleinigkeit zum Schrottwichteln mitbringen. Sagt Dir der Begriff etwas?", fragte sie.

Olivia zuckte die Achseln.

„Ich denke, da packt man Sachen ein, die man nicht mehr haben will. Zum Beispiel die unmögliche, kitschige Vase von Tante Luzie oder so etwas in der Art."

„Stimmt genau!", bestätigte Flo und fuhr fort: „Wir haben so ein Teil, das taucht jedes Jahr wieder auf. Ist schon fast so was wie ein Firmenmaskottchen, aber bisher wollte es noch keiner behalten. Wir packen alle unser Geschenk erst zuhause aus, und keiner erzählt was er bekommen hat, vor allem dann nicht, wenn er es im nächsten Jahr wieder ins Rennen schicken will; so läuft das bei uns. Bring einfach irgendetwas mit, verpack es möglichst edel und Du bist es ruck zuck los, garantiert! Es ist jedes Mal ein großer Spaß, glaub mir!", versicherte sie Olivia.

Zuhause überlegte Olivia welches Geschenk sie zu der Weihnachtsfeier in der Firma eventuell mitnehmen konnte. Schließlich fiel ihre Wahl auf ein großes Windlicht, das sie schon länger in den Keller verbannt hatte. Nein, hässlich war das Ding eigentlich nicht, aber es erinnerte sie an eine zerbrochene Beziehung, aus diesem Grunde hatte sie es nicht mehr anschauen mögen, aber vielleicht hatte jemand anderes Freude daran. Also holte sie es hervor, putze es gründlich und stellte eine neue Kerze hinein. Als es wenig später in schimmernder Goldfolie, mit einer dekorativen, sehr breiten lila Samtschleife verziert vor ihr stand, war sie sehr zufrieden mit sich. Dieses auffallende Präsent würde sicher einen Liebhaber finden.

Dann kam der dreizehnte Dezember, und Flo, Nele und Olivia verabredeten, dass sie sich etwa um achtzehn Uhr wieder in der Firma treffen wollten, um den großen Konferenzraum herzurichten. Flo und Olivia trafen gleichzeitig ein, und einen Moment später hielt auch das kleine Auto von Nele vor dem Gebäude. Jede von ihnen hatte ein hübsch verpacktes Geschenk dabei.

„Los Kinder, machen wir uns an die Arbeit", schlug Flo gut gelaunt vor. „Olivia, Du kannst Dein Mitbringsel dort hinten auf dem Tisch abstellen, so machen wir das immer. Das sieht ja toll aus, ich glaube, das reserviere ich mir gleich", lachte sie, und Olivia freute sich.

„Von mir aus - sehr gern", gab sie zurück.

Flo würde das Windlicht sicher gefallen, dachte sie. Sollte sie doch Freude daran haben, das gönnte Olivia ihr von ganzem Herzen. Schließlich kannte Flo ja die Geschichte nicht, die Olivia damit verband. Nele und Flo holten die Kerzen, passende Servietten, sowie auch Gläser, Geschirr und Besteck aus dem Schrank. Nele hatte zusätzlich ein dickes Bündel mit frischem Tannengrün dabei, um es auf den langen Tischen zu verteilen. So hatten sie den Raum schnell weihnachtlich geschmückt, und schon bald trudelten auch die anderen Kollegen nach und nach ein.

„Ich bin gespannt, was wir heute vom Chef vorgesetzt bekommen", überlegte Nele. Kurze Zeit später wusste sie Bescheid, denn ein weißes Auto mit der Aufschrift eines böhmischen Lokals hielt vor der Tür.

„Oh, das ist ja mal etwas ganz Neues, böhmisch habe ich noch nie gegessen", staunte Olivia.

„Ich auch nicht, lassen wir uns also überraschen", meinte Nele.

Auf dem Tisch in der Ecke des großen Raumes stapelten sich mehr und mehr Päckchen. Welches mochte wohl das unbeliebteste Geschenk von allen enthalten, fragte sich Olivia. Flo hatte ihr um keinen Preis der Welt verraten wollen, um was es sich dabei handelte.

„Es ist wie der berühmte Schwarze Peter im Kartenspiel", hatte sie nur geheimnisvoll gesagt und dabei, wie es ihre Art war, fröhlich gegrinst.

Egal, es ging ja um den Spaß an der Sache, fand Olivia. Das Essen schmeckte köstlich, es gab einen guten Wein dazu, und alle waren bester Stimmung, als ihr Chef sich irgendwann im Laufe des Abends von seinem Stuhl erhob und laut verkündete: „Ich denke, wir sollten jetzt zum Höhepunkt des Abends kommen – der Bescherung!"

Lautes Gelächter ertönte, und Olivia lachte selbstverständlich mit. Der Chef ging zu dem Gabentisch, nahm das erste Päckchen in die Hand, hielt es hoch und fragte: „Wer möchte das haben?"

Sogleich schnellten zwei Hände in die Luft. Kerstin und Hans-Dieter bekundeten ihr Interesse.

„Ich würde sagen, Ladies first", mit diesen Worten überreichte der Chef Kerstin das Päckchen. Ihr Kollege Hans-Dieter lächelte gutmütig und stimmte zu.

„Natürlich, viel Spaß damit, Kerstin!"

„Danke, aber erst mal sehen was es ist, möglicherweise kriegst Du es doch noch", erwiderte Kerstin und lächelte ebenfalls.

Dann ging es weiter. Als der Chef Olivia´s Päckchen in der Hand hielt, rief Flo sofort: „Das möchte ich – bitte, bitte!"

Wieder lachten alle, aber natürlich bekam sie ihren Wunsch, nach diesem dringlichen Appell, auch erfüllt.

Eines der vielen anderen Päckchen hatte gleich Olivia´s Aufmerksamkeit erregt, weil es besonders ausgefallen und wunderschön eingepackt worden war. Es war nicht sehr groß, rechteckig, und der Spender hatte es mit einer dicken Schicht aus sehr kurz geschnittenen Eibenzweigen umwickelt, die mit einem einfachen grauen Bindfaden festgezurrt waren. Offenbar ein Naturfreak, hatte sie gedacht. Wer es wohl mitgebracht haben mochte? Als Hingucker und zur Dekoration hingen zusätzlich je eine kleine rote und eine etwas größere matt goldene Weihnachtskugel daran, sowie zusätzlich ein zauberhafter, nostalgischer Anhänger in Form eines Engels. Allein dieser Engel war es wert, sich für dieses Päckchen zu entscheiden, fand Olivia. Als es zum Aufruf kam, sprang sie von ihrem Platz hoch und rief, entgegen ihrer sonstigen Gewohnheit, ganz laut: „Das möchte ich haben, bitte!"

„Aber klar, gern", sagte der Chef und überreichte es ihr mit einer galanten Verbeugung. Alle lachten, aber das störte Olivia nicht. Was ihr Weihnachtspäckchen auch enthalten mochte, der Engel gehörte ihr, und darüber freute sie sich auf jeden Fall! Nachdem alle Überraschungen verteilt waren, löste sich die Gesellschaft nach und nach langsam auf. Es war spät geworden, und schließlich mussten ja alle morgen wieder pünktlich im Büro erscheinen.

Zuhause angekommen, wickelte Olivia ihr Präsent vorsichtig aus. Es war ja äußerst liebevoll und mit sehr viel Phantasie verpackt worden, da musste man sich auch die Zeit nehmen, es ganz langsam und genussvoll auszupacken, fand sie. Die Kugeln und den Engel legte sie sorgfältig beiseite, dann befreite sie das Päckchen von dem Grün. Ein unscheinbarer, brauner Pappkarton kam zum Vorschein. Darauf stand: Bitte vorsichtig öffnen – zerbrechlich! Jetzt war Olivia´s Neugierde erst recht geweckt. Behutsam öffnete sie den Karton und löste das Seidenpapier von dem Gegenstand, den es verbarg. Sie hielt einen kleinen Mops aus Porzellan in den Händen. Er schaute sie mit schief gelegtem Köpfchen aus großen, treuen Augen an, als wolle er sie fragen: „Habe ich jetzt endlich ein Zuhause gefunden?"
„Das hast Du, kleiner Freund", versicherte sie ihm.

Plötzlich wusste sie, dass diese niedliche Porzellanfigur sicher das Geschenk war, das bisher niemand aus der Firma hatte behalten wollen. Ihre Kollegen hielten sich alle für besonders taff und modern, aber ihr gefiel das nette Kerlchen auf den ersten Blick. Als sie es umdrehte, und auf der Unterseite der Figur sogar das Markenzeichen einer sehr alten und bedeutenden Porzellanmanufaktur erkannte, wusste sie, dass sie damit einen echten Wertgegenstand ergattert hatte. Aber darauf kam es ihr wahrlich nicht an. Der kleine Mops würde auf jeden Fall einen Ehrenplatz bei ihr bekommen, und sie würde ganz sicher niemandem im Büro verraten, dass der angebliche „Schwarze Peter" jetzt endgültig bei ihr angekommen war.

Back Dir Deinen Engel...

Unter diesem Slogan hatte eine Firma, die fertige Backmischungen herstellt, in diesem Sommer ein neues Produkt herausgebracht, dass sich vorzugsweise an Singles wandte. Natürlich war das nicht ernst zu nehmen, denn man konnte sich damit seinen Wunschpartner backen, was im realen Leben ja leider nicht möglich war. Die Packung enthielt außer der Backmischung noch ein Tütchen mit bunten Perlen und zwei Portionen Schokoglasur. Je eine mit dunkler und eine mit heller Schokolade, um den fertigen Kuchen damit zu verzieren. Der Clou an der Sache war eine Backform aus Silikon. Dabei konnte man wählen, ob man sich lieber seine Traumfrau, in Form eines Kuchenengels oder gar einen Traummann, backen wollte.

„Die frischen Zutaten, die man dazu braucht, wie Butter, Eier und Milch, die hast Du sicher im Haus", hatte Robin's Schwester Maren ihm dazu geschrieben. Ungläubig starrte Robin auf das geöffnete Päckchen. Er war es ja gewohnt, gelegentlich von seiner Schwester solche „Anstöße" zu bekommen, aber diese ungewöhnliche Idee von ihr fand er doch entschieden gewöhnungsbedürftig. Wo um Himmels Willen hatte sie so etwas Verrücktes nur für ihn aufgetrieben? Nach inzwischen mehreren, leider gescheiterten, Kurzzeitbeziehungen hatte Robin vorerst beschlossen, sich für bindungsunfähig zu halten – im Gegensatz zu seiner älteren Schwester. Maren hatte seinen Schwager Chris schon in der Schule kennen- und lieben gelernt, und sie war inzwischen bereits einige Jahre glücklich mit ihm verheiratet, worum Robin sie im Stillen beneidete. Maren ihrerseits fand es absolut schrecklich, dass ihr kleiner Bruder allein „durchs Leben stiefelte", wie sie sich ausdrückte. Sie hatte es bestimmt gut gemeint, trotzdem war er zunächst ein wenig beleidigt. Gelegentlich konnte Robin eine echte Mimose sein. Daher blieb dieses spezielle Geschenk seiner Schwester zunächst einige Monate lang völlig unbeachtet in seinem Küchenschrank stehen, bis Robin es per Zufall Anfang Dezember wiederentdeckte. Eigentlich war das von Maren doch nur ein Gag, dachte er schmunzelnd. Da er ohnehin „einen süßen Zahn" besaß und gern Kuchen mochte, womit seine Schwester ihn oft genug aufzog, überlegte er, es sei doch besser die Backmischung nicht verderben zu lassen. So hatte er sich an die Arbeit gemacht, und bald lag der fertige Engel, mit Schokoguss und den bunten Perlen verziert, vor ihm. Robin hatte sich mit diesem Kunstwerk richtig Mühe gegeben, und schließlich hatte es ihm sogar Freude gemacht. Der Engel war fast zu schade zum Aufessen, aber wozu hatte Robin ihn sonst gebacken. Also überlegte er, ob man dem Kuchenengel zuerst den Kopf abbeißen oder lieber einen seiner Flügel amputieren sollte. Schließlich entschied Robin sich dafür, zuerst ein Stück vom Rand des langen Kleides abzuschneiden. Der Engel war nicht nur optisch gelungen, sondern schmeckte auch himmlisch - danke Maren!

In dieser Nacht hatte Robin einen seltsamen Traum. Er lief durch die Stadt und hatte eine wunderschöne Frau, einen richtigen Engel, an seiner Seite. Kastanienbraune Locken, braungrüne Augen und ein hinreißendes Lächeln hatte dieser Engel. Robin fühlte sich sehr glücklich. Jedenfalls solange, bis er bemerkte, dass sein Engel nicht laufen konnte, sondern die ganze Zeit über neben ihm schwebte.

„Mit dem Rocksaum hast Du mir ja auch meine Füße abgetrennt", klagte der Engel. Schweißgebadet erwachte Robin. Was für ein eigenartiger Traum!

Zwei Tage später traf er bei einem seiner seltenen Einkäufe im Supermarkt tatsächlich „seinen Engel". Die junge Dame saß als Kassiererin an der Kasse. Er glaubte seinen Augen nicht zu trauen, denn diese junge Frau sah dem Engel, den er im Traum gesehen hatte, verblüffend ähnlich. Er konnte es nicht glauben – gab es solche Zufälle denn wirklich? Ganz genau die gleiche kastanienbraune Lockenpracht und dieselben ausdrucksvollen Augen, die ihm schon in seinem Traum so gut gefallen hatten. Ob das tatsächlich ein Wink des Schicksals war? Er legte seine Waren auf das Band und wurde von ihr mit einem freundlichen: „Hallo, guten Tag!" begrüßt, und nachdem er bezahlt hatte, ebenso liebenswürdig mit den Worten: „Ich wünsche Ihnen noch einen schönen Tag", wieder verabschiedet. Natürlich waren alle Mitarbeiter des Supermarktes entsprechend geschult. Sie hatten sicher die Anweisung bekommen, dass zu jedem Kunden zu sagen, aber ihr Lächeln, das hatte ihn gleich gefangengenommen. Sollte er es wagen sie anzusprechen? Etwas unsicher wandte er sich zum Gehen, drehte sich dann aber doch noch einmal um und sah, dass auch sie ihm gedankenverloren nachblickte. -

„Wer nicht wagt, der nicht gewinnt", das hätte Maren in dem Augenblick sicher zu ihm gesagt, vermutete er. Fast konnte er ihre Stimme in seinem Kopf hören. Da kein anderer Kunde in der Nähe der Kasse auftauchte, ging Robin noch einmal zurück und nahm all seinen Mut zusammen, um seine Traumfrau anzusprechen.

„Sind Sie neu hier?", fragte er. Im nächsten Moment hätte er sich selbst ohrfeigen können, für diesen phantasielosen Spruch. Aber die junge Dame schien das gar nicht zu bemerken, sondern antwortete nur: „Ja, ich jobbe hier für ein paar Wochen."

So ermutigt fuhr Robin fort: „Ich weiß, es ist unglaublich, aber ich habe von Ihnen geträumt!"

„Was, wie kommt das denn? Wir kennen uns doch noch gar nicht!", konterte sie, jetzt deutlich irritiert.

„Sie haben völlig recht, aber das ist eine längere Geschichte, und die würde ich Ihnen gern in Ruhe bei einer Tasse Kaffee erzählen, wenn Sie gestatten", bat Robin.

Sie schaute ihn zunächst eine ganze Weile lang prüfend an, bevor sie ihm antwortete. Währenddessen begann sich Robin doch ein wenig unbehaglich zu fühlen. Hätte er doch lieber den Mund gehalten, das wünschte er sich in diesem Augenblick brennend, aber dann hörte er sie endlich sagen: „Nein, nein, ich war nur perplex und etwas überrumpelt von Ihrer Einladung. In zwei Stunden habe ich Feierabend, wollen wir uns dann in dem kleinen Café an der Ecke treffen? Dort gibt es einen phantastischen Cappuccino!"

„Oh ja, gern, ich freue mich sehr", stotterte Robin überwältigt. „Ach ja, ich heiße übrigens Robin Kramer."

„Und ich bin Viktoria Schuster. Ich freue mich auch, bis nachher."

Dann stand auch schon die nächste Kundin an der Kasse, und Viktoria hatte ohnehin keine Zeit mehr für ihn.

Als sie sich später am Nachmittag in dem gemütlichen, kleinen Café gegenübersaßen, verstanden sie sich auf Anhieb prächtig miteinander. Robin erzählte ihr von dem seltsamen Geschenk seiner Schwester und auch von seiner Backaktion, sowie dem darauffolgenden Traum.

„Genau so war es, ich schwöre!"

„Ich glaube, ich wäre niemals auf die Idee gekommen, mir einen Mann backen zu wollen", gab Viktoria zu. „Aber warum eigentlich nicht? Das Leben geht manchmal seltsame Wege, versuchen wir es doch einfach miteinander", schlug sie vor, und Robin nickte glücklich. Was Maren wohl dazu sagen würde, wenn er in diesem Jahr zu Weihnachten möglicherweise nicht, wie üblich, wieder allein zu der obligatorischen Familienfeier erscheinen würde.

Schneeflöckchen

In diesem Jahr hatte der Winter sehr früh eingesetzt, und es war schon tüchtig kalt. Geschneit hatte es seit Tagen auch immer wieder, was vor allem die Kinder sehr begeisterte. So wie es aussah, würde sich in diesem Jahr der immer wiederkehrende Traum vieler Menschen von einer weißen Weihnacht erfüllen. Weil es genug Schnee gab, hatten Manuel und Carina am Sonntag mit ihren beiden Kindern Emma, genannt Emmi, und Fynn einen riesigen Schneemann gebaut. Der stand aufrecht und stolz im Garten, trug einen ausrangierten Gartenhut von Manuel auf dem Kopf, und hatte eine dicke Mohrrübennase und zwei Kohleaugen erhalten, aus denen er fröhlich in die Runde schaute.

„Allein fühlt er sich bestimmt einsam, ich finde, er sollte noch eine Schneefrau kriegen", hatte Emmi gefordert, und so hatten sie ihm noch eine Gefährtin zur Seite gestellt. Die bekam von Carina ein Kopftuch umgebunden und trug zudem einen älteren ausrangierten Gürtel um die pralle Taille.

„Jetzt ist es aber genug, ich bin schon ganz durchgefroren, lasst uns für heute ins Haus gehen", verlangte Carina anschließend, und alle fügten sich dieser strengen Anordnung widerspruchslos.

„Nur gut, dass ich Euch zu Fuß zum Kindergarten bringen kann", seufzte Carina am nächsten Morgen.

Im Gegensatz zu ihren Kindern mochte sie den Winter weniger, vor allem, wenn auch noch Schnee und Eis sie am Autofahren hinderten. So verpackte sie ihre beiden Sprösslinge so dick wie nur möglich mit Stiefeln, Handschuhen, Schal und Mütze, trotz aller Proteste von Emmi, die das gar nicht mochte. Dann stiefelten sie los. Fynn, der im nächsten Sommer zur Schule kommen würde, blieb gleich in der „Drachengruppe", und Emmi wurde in der „Katzengruppe" abgegeben, bevor sie sich auf den Heimweg machte. Beide gingen gern in den Kindergarten und brachten auch von dort viele Ideen und Anregungen mit nach Hause, so auch heute. Als sie die beiden abholen wollte, begrüße Emmi ihre Mama gleich aufgeregt mit den Worten: „Mama, wir haben im Garten eine schöne Schneekatze gebaut! Komm, die musst Du Dir unbedingt ansehen", und zog Carina mit sich, um ihr das Kunstwerk zu zeigen. Doch, die Katze aus Schnee war gelungen, das fand auch Carina.

„Mama, Papa soll uns helfen zuhause auch eine Katze aus Schnee zu machen", wünschten sich Emmi und Fynn.

„Auch einen Drachen, aber der ist vielleicht sogar für Papa zu schwer, oder?", erkundigte sich Fynn.

Seine Gruppe hatte es versucht, war aber gescheitert und so hatten sie stattdessen mehrere große Schneemänner fertiggestellt. Die trugen alle aus alten Beständen des Kindergartens bunte Schals oder Mützen und waren lustig anzuschauen.

„Wenn Papa nach Hause kommt, dann erzähle ich ihm sofort von der Schneekatze", beschloss Emmi, und gleich nachdem Manuel das Haus betreten hatte, überfiel sie ihn mit der grandiosen Idee, dass ihr Schneemannpärchen im Garten unbedingt auch eine Katze haben müsse.

„Langsam, nun lass mich doch erst mal ankommen", bremste Manuel den Eifer seiner kleinen Tochter, versprach ihr aber am nächsten Tag auf dem Heimweg beim Kindergarten vorbeizufahren, um sich dort die tolle Schneekatze anzusehen.

„Dann weißt Du ganz genau wie sie aussehen muss", verkündete Emmi befriedigt, und auch ihr großer Bruder Fynn schloss sich dem Wunsch seiner Schwester an.

„Oder kriegst Du vielleicht einen Drachen hin?", erkundigte er sich hoffnungsvoll bei Manuel.

„Oje, das weiß ich wirklich nicht Fynn", bekannte Manuel, „aber ich will es gern versuchen."

Wie er es versprochen hatte, schaute Manuel sich gleich am nächsten Nachmittag die

Kunstwerke aus Schnee auf dem Gelände des Kindergartens an. Die waren von der Straße aus gut zu erkennen. Die liegende Katze nachzumachen traute er sich ohne weiteres zu, aber für Fynn einen Drachen aus Schnee zu formen, das war gar nicht so einfach. Vielleicht konnte ihm ja sein Freund und Nachbar Tristan am kommenden Wochenende dabei etwas helfen. Laut Wetterbericht sollte es vorläufig kalt bleiben. So schlug er Fynn und Emmi vor, am kommenden Samstag sein Glück zu versuchen. Denn, wenn er in der Woche nachmittags von der Arbeit kam, dann wurde es viel zu schnell dunkel um so eine kniffflige Aufgabe erfüllen zu können, erklärte er den Kindern, ging aber ans Telefon, um sich der Hilfe seines Freundes zu versichern. Tristan war zudem der Patenonkel von Fynn und stimmte sofort begeistert zu, wenn er damit seinem Patensohn eine Freude machen konnte, so täte er das natürlich gern, erklärte er. „Na also!", freute sich Manuel und gab die freudige Nachricht gleich an seine Familie weiter.

Am Samstag hatten Manuel und Carina sich eigentlich darauf gefreut etwas länger schlafen zu können, aber Fynn und Emmi waren genau so früh erwacht wie immer und standen pünktlich im Elternschlafzimmer, um Manuel und Carina gleichfalls zu wecken.

„Papa, Du hast versprochen, Dich heute um die Schneekatze zu kümmern!", erinnerte Emmi ihn.

Ein Versprechen, gleich welcher Art, musste unter allen Umständen eingehalten werden, das hatten Carina und Manuel ihren Kindern frühzeitig beigebracht. Also erhob sich Carina seufzend als Erste, um ein schnelles Familienfrühstück für alle vorzubereiten. Anschließend wurden die Kinder warm eingepackt und gingen mit Manuel nach draußen. Wie abgemacht tauchte kurz danach auch Tristan auf, und bald waren alle eifrig bei der Arbeit. Als Carina etwas später in den Garten kam um ihre Hilfe anzubieten, wurde auch diese gern angenommen. Mit vereinten Kräften hatten sie bald jede Menge Schnee zusammengetragen, und kurz danach lag eine prächtige Katze aus Schnee den beiden Schneeleuten zu Füßen. Natürlich bekam auch sie schwarze Augen aus Kohlestückchen und einen Schnurrbart aus einigen dünnen Zweigen.

„Die ist toll geworden", begeisterte Emmi sich und umarmte ihre Eltern. „Viel schöner als die im Kindergarten", fand sie zudem. „Ich schenke ihr meinen pinkfarbenen Schal, den Oma Monika mir gestrickt hat, damit sie nicht frieren muss", beschloss sie. Carina wusste, sie würde ihrer kleinen Tochter diese Idee ohnehin nicht ausreden können, also erhob sie keinerlei Widerspruch. Den Schal konnte man schließlich wieder waschen, wenn die Schneekatze ihn nicht mehr benötigen würde.

„Und was ist jetzt mit meinem Drachen?", erkundigte Fynn sich bei Tristan und Manuel.

„Klar, Du bekommst einen Drachen; ich

habe auch schon eine Idee, wie wir den hinkriegen", beruhigte ihn Tristan.

„Der soll aber nicht direkt neben der Katze stehen, sonst kriegt sie womöglich Angst vor ihm", bat Emmi, bevor sie ins Haus stürmte, um ihren Schal zu holen. Mit diesem guten Stück um den Hals würde sicher jeder gleich erkennen, dass es sich um eine weibliche Katze handelte. Das war Emmi nämlich sehr wichtig!

„Ich werde Dich Schneeflöckchen nennen, gefällt Dir der Name?", fragte sie nach ihrer Rückkehr die Schneekatze, die natürlich nicht widersprach.

„Kein Problem, wir setzen Fynn´s Drachen ein Stück weiter, aber es wird sowieso ein sehr netter Drache, keine Angst Emmi", beruhigte Tristan sie, bevor er sich nach einer kurzen Pause wieder mit Manuel und Fynn an die Arbeit machte.

„Also Schneeflöckchen, willkommen in unserem Garten", sagte Carina amüsiert und freute sich, als sie sah, wie glücklich Emmi ihre neue Freundin anschaute. Fynn war immer noch ganz eifrig dabei für Tristan und Manuel weitere Schneemengen herbei zu schaffen, damit auch der von ihm gewünschte große Drache entstehen konnte. Tatsächlich, dank der tatkräftigen Mithilfe von Tristan, hatte Manuel es geschafft auch einen Drachen aus Schnee in den Garten zu holen. Fynn war darüber ausgesprochen glücklich und sehr stolz, als Carina und Emmi ihn gebührend bewunderten. Er war wirklich beeindruckend geworden, und sah auch überhaupt nicht böse aus. Im Gegenteil fanden alle, denn Manuel und Tristan hatten ihm kein furchterregendes, sondern ein fröhlich grinsendes Gesicht gegeben. Nach getaner Arbeit bot Carina ihren Lieben einen stärkenden Eintopf an und drängte darauf, dass sie den Rest des Tages nicht nur draußen verbringen sollten.

„Die Schneeleute könnt Ihr auch vom Fenster aus anschauen, sonst werdet Ihr Euch noch erkälten", meinte sie.

In ihrer Wohnsiedlung sprach es sich sehr schnell herum, dass jetzt im Garten der Wittes einige wunderschöne, wenn leider auch vergängliche, Kunstwerke standen, und so kamen in der nächsten Zeit sehr viele Besucher zu ihnen, um sich alles anzusehen. Durch die lange Kälteperiode dieses Winters hatte sich die mühevolle Arbeit wirklich gelohnt. Am zweiten Weihnachtsfeiertag trafen sich einige der Nachbarn spontan bei ihnen, um gemeinsam eine Glühweinparty zu feiern. Dabei wurden auch etliche Fotos von den Figuren gemacht, um sie „für die Ewigkeit festzuhalten", wie Tristan sich ausdrückte. Wenn sie daran dachte, dass der Schnee irgendwann tauen und damit Schneeflöckchen mit sich fortnehmen würde, dann machte Carina sich große Sorgen, wie Emmi reagieren würde. Sie verbrachte sehr viel Zeit im Garten, sprach mit ihrem Schneeflöckchen und benahm sich fast so, als handelte es sich um eine echte Katze. Fynn war auch stolz auf seinen Drachen, aber er wusste und akzeptierte es auch, dass der leider irgendwann wieder aus seinem Leben verschwinden würde. Carina wiederum überlegte, ob sie und Manuel doch dem Wunsch beider Kinder nach einem Haustier nachgeben sollten. Bisher hatten sie das immer abgelehnt, weil sie meinten, ihre Sprösslinge seien noch zu jung, um einen Teil der Verantwortung dafür übernehmen zu können.

Dann war es eines schönen Tages soweit, das Wetter schlug um, und der Schnee begann langsam aber sicher zu schmelzen. „Ich bin es so leid, immer nur die dicken Sachen tragen zu können!", das hatte Carina schon vor Wochen gesagt und war sehr erleichtert, dass nun endlich der Frühling Einzug zu halten schien.

„Aber was wird dann nur mit meinem armen Schneeflöckchen?", jammerte Emmi öfter. „Können wir sie nicht irgendwie retten?"

„Wie stellst Du Dir das denn vor? Wir haben doch keine große Tiefkühltruhe, und in die Fächer des Gefrierschrankes passt sie nicht, das tut mir leid", versuchte Carina ihr zu erklären.

„Am besten, ich frage Teddy um Rat", beschloss Emmi und verschwand in ihrem Zimmer, um diesen Entschluss sofort in die

Tat umzusetzen. Ihr alter Teddy war, bevor Schneeflöckchen auftauchte, immer ihr allerbester Freund und Tröster in allen Lebenslagen gewesen, dem sie ohne zu zögern all ihre kleinen Sorgen und Nöte anvertraut hatte. Und Teddy war stets ein geduldiger Zuhörer, das wusste Emmi. Aber in diesem Fall würde er wohl kaum helfen können, befürchtete Carina.

Währenddessen bekam die Frühjahrssonne immer mehr Kraft, es wurde täglich wärmer und das Schneepärchen, der Drache und natürlich auch Schneeflöckchen verloren zusehends ihre Konturen. Bald würden von der ganzen Pracht wohl nur noch ein paar Schneeklumpen übrigbleiben. Emmi war darüber schier untröstlich und rannte jeden Morgen, schon vor dem Frühstück, in den Garten, um nachzusehen, wie viel von Schneeflöckchen noch übrig war.

Eines Tages kam sie zurück und sprudelte aufgeregt hervor: „Mama, Papa, Fynn Du auch, kommt alle schnell mit in den Garten, Schneeflöckchen ist lebendig geworden."

„Ach Emmi, Du träumst wohl noch", neckte Manuel seine kleine Tochter, deren lebhafte Phantasie er nur allzu gut kannte. Aber Emmi gab keine Ruhe, und so gingen sie tatsächlich gemeinsam nach draußen um nachzusehen, was sie so erregt hatte. Es war kaum zu glauben, dort wo gestern noch die kläglichen Reste von Schneeflöckchen zu sehen gewesen waren, lag jetzt nur noch ihr leuchtender pinkfarbener Schal, denn Emmi hatte sich standhaft geweigert ihn mit ins Haus zu nehmen, solange Schneeflöckchen ihn womöglich doch noch gebrauchen konnte, wie sie meinte. Auf dem Schal hatte es sich ein kleines, schneeweißes Kätzchen mit einem rosa Näschen gemütlich gemacht und schlief.

„Ich glaube es nicht!", entfuhr es Manuel.

Bei diesen Worten erwachte die kleine Katze. Dann blinzelte sie verschlafen aus wunderschönen, blauen Augen und reckte und streckte sich erst einmal. Dann begann sie sich in aller Ruhe zu putzen. Für Emmi war die Sache gleich klar.

„Schneeflöckchen wollte bestimmt auch für immer bei uns bleiben!", jubelte sie.

Behutsam nahm sie das Katzenkind auf den Arm und drückte es liebevoll an sich, was die Kleine mit einem behaglichen Schnurren quittierte. Gerührt sahen Carina und Manuel zu. Die Entscheidung ob ein Haustier ihre Familie komplettieren sollte, war ihnen soeben abgenommen worden, denn so viel war klar, dieses lebendige Schneeflöckchen würde Emmi sich nicht wieder wegnehmen lassen. Auch Fynn schaute fasziniert auf die winzige Katze, die sich an seine kleine Schwester kuschelte. Er bat darum sie auch einmal halten zu dürfen.

„Aber sei vorsichtig", wies Emmi ihn an, bevor sie ihm die Erlaubnis dazu gab und ihm Schneeflöckchen behutsam in die Arme legte.

„Ich weiß, Du bist für uns ein verspätetes Weihnachtswunder, ja, das bist Du!", stellte Fynn fest, und in dem Augenblick wagte niemand ihm widersprechen.

Das neue Weihnachtspostamt

Seit kurzem haben wir jetzt auch bei uns in Himmelsaue ein kleines Weihnachtspostamt. Schließlich sind wir doch ein junger, aufstrebender, kleiner Luftkurort, wie unser Bürgermeister gern bei jeder sich nur bietenden Gelegenheit betont, und das Wort Himmel haben wir ja auch im Ortsnamen. Warum sollten ausgerechnet wir damit keine Werbung für unsere gemütliche Stadt, machen, um demnächst möglichst noch viel mehr Kurgäste hierher zu locken. Zwar haben wir bisher nur eine große Klinik im Ort, in der man den Kranken Gicht und Rheuma austreibt, aber wie gesagt, unser Herr Bürgermeister ist sehr ehrgeizig und hat große Pläne für die Zukunft. Bei unserer guten Luft und dem vielen Grün im Umland bietet sich das ja auch geradezu an.

Seit dem letzten Jahr hat er es endlich geschafft; wir haben tatsächlich unser eigenes Weihnachtspostamt, in dem auch ich arbeite. Meine Kollegin Marina und ich sind sozusagen die Engel in dieser himmlischen Postfiliale, wie ein Kollege es liebevoll ausgedrückt hat. Wenn dann etwa ab Ende Oktober die ersten Weihnachtsbriefe hier eintrudeln, dann übernehmen die Kollegen ein Großteil des normalen Betriebes, Marina und ich kümmern uns hauptsächlich um die eingehenden Briefe an das neu eingerichtete Weihnachtspostamt. Das macht uns beiden großen Spaß! Die meisten Weihnachtsgrüße oder Anfragen kommen ja von Kindern, und viele malen uns ein schönes Bild oder schreiben ein Gedicht ab. Manche fügen auch einen Wunschzettel bei oder erzählen uns von ihrem Alltag. Ab und zu müssen wir auch Trostbriefe schreiben, wenn es um kranke Kinder geht oder ein Elternteil ihnen Probleme macht. Kurzum, unsere Kreativität ist gefragt, denn jeder Briefschreiber soll eine persönliche Antwort erhalten. Solange wir noch nicht mit so viel Weihnachtspost überschüttet werden wie die meisten großen und bekannten Weihnachtspostämter geht das. Wir hatten auch schon einige Briefe von Erwachsenen, die sich einsam fühlen oder sonstigen Kummer haben, den sie sich einfach mal von der Seele schreiben wollten; und auch sie erhalten eine entsprechende Antwort von uns.

So hatte ich im letzten Jahr schon zu Beginn der Adventszeit Post von einem gewissen Reinhard zu beantworten. Er schrieb, er sei seit der Trennung von seiner Frau, zu Anfang des Jahres, wieder allein und fühle sich seither sehr verloren. Vor den Feiertagen graute ihm regelrecht, da würden ihm ein paar freundliche Worte, die er immer mal wieder zur Hand nehmen und lesen könnte, bestimmt guttun. Weil ich seit meiner Scheidung vor einigen Jahren auch allein lebe, konnte ich ihm das nur zu gut nachfühlen und habe dementsprechend geantwortet. Unterschrieben habe ich das Ganze mit Engel A.
Angela, so heiße ich, und das bedeutet ja der Engel.

Einige Tage später kam Marina, und gab mir einen Brief, der direkt an den Engel A. in Himmelsaue adressiert war.

„Den solltest wohl besser Du beantworten!", sagte sie und lachte. Damit hatte ich natürlich nicht gerechnet, aber erst mal musste ich lesen was in dem Brief stand, bevor ich mich entscheiden konnte, ob ich noch einmal antworten wollte oder den Brief gleich in der Versenkung verschwinden lassen sollte. Also öffnete ich ihn und fand ein weiteres, ebenfalls sehr nett aufgesetztes Schreiben, in dem Reinhard sich für meine Post an ihn bedankte und äußerst vorsichtig anfragte, ob ich möglicherweise Lust hätte, mit ihm privat in Kontakt zu treten. Zu diesem Zweck hatte er eine Telefonnummer angegeben und schrieb dazu, dass er sich über eine positive Antwort wirklich riesig freuen würde. Außerdem wohnte er nur etwa zwanzig Kilometer von meinem Heimatort entfernt. Sollte ich darauf wirklich noch einmal antworten? Da war guter Rat teuer!

„Na, was schreibt er denn?", erkundigte Marina sich während unserer gemeinsamen Mittagspause bei mir.

„Wer?", fragte ich, und spielte zunächst einmal die Ahnungslose, aber damit kam ich bei Marina nicht durch. Wir kennen uns schon ziemlich lange und sind außerdem gut befreundet.

„Wer wohl? Du weißt doch ganz genau wen ich meine", neckte sie mich.

Schließlich fasste ich mir ein Herz und erzählte ihr die ganze Geschichte. Dann zeigte ich ihr den Brief. Sie las ihn aufmerksam und meinte, das Schreiben wäre doch sehr nett abgefasst. Ich sollte es doch einfach riskieren und ihn anrufen.

Tja, so fing alles an. Ich habe Reinhard einige Tage später tatsächlich angerufen, und auch am Telefon machte er schnell einen sehr sympathischen Eindruck auf mich. Schließlich haben wir uns getroffen, und es hat gleich zwischen uns gefunkt. Weihnachten haben wir schon gemeinsam gefeiert, und sechs Monate später haben wir dann sogar geheiratet.

Auch in diesem Jahr werden Marina und ich uns in der Adventszeit wieder um die speziellen Briefe, die hier bei uns im Weihnachtspostamt ankommen, kümmern. Inzwischen erreichen auch uns immer mehr Zuschriften, die gleich an die Engel aus Himmelsaue gerichtet sind, deshalb haben wir jetzt sogar einige unterschiedliche Standardbriefe entworfen, die wir als Antwort verschicken – dass vereinfacht die Sache.

Ach ja, eine zweite, größere Klinik haben wir vor kurzem auch bekommen. Es geht eindeutig aufwärts mit uns in Himmelsaue!

Das bisschen Haushalt...

„Geschafft – endlich!", mit diesen Worten drehte Tanja´s neue Kollegin Sophie den Schlüssel der Ladentür um, nachdem nun auch der allerletzte Kunde gegangen war. Es war wieder einmal sehr spät geworden an diesem heutigen Arbeitstag, aber eigentlich war wie in jedem Jahr der Heiligabend für die Verkäuferinnen der Parfümerie ein regelrechter „Großkampftag". Die meisten Kunden waren natürlich mal wieder Männer, die buchstäblich in allerletzter Minute noch ein Geschenk für ihre daheim gebliebenen Ehefrauen, Mütter oder Schwiegermütter ergattern mussten. Die wenigsten Herren hatten konkrete Vorstellungen. Es wurde einfach alles gekauft, was edel aussah und teuer war. Ein Kunde hatte einmal sogar allen Ernstes resignierend zu Tanja gesagt: „Geben Sie mir bitte ein Parfüm, egal welches, meine Frau tauscht es nach den Feiertagen ohnehin wieder um, das weiß ich ganz genau!"

Und tatsächlich hatte er recht gehabt. Direkt nach Weihnachten kam eine sehr schlanke, hochgewachsene Dame, mit einem flotten Herrenhaarschnitt, ins Geschäft und brachte das Geschenk ihres Ehemannes zurück. Zu ihr passte wahrhaftig kein blumiger Duft! Stattdessen suchte sie sich diverse andere Kosmetikartikel aus und erklärte: „Parfüm trage ich nie, aber mein Mann kann sich das einfach nicht merken! Wenn er mir doch nur einmal einen Gutschein schenken würde..."
Ja, so kann es auch gehen, hatte sie damals gedacht. Sicher waren auch heute etliche Fehlkäufe, zwar gut meinender aber völlig ahnungsloser Männer, über den Ladentisch gegangen, das stand fest!

Sie sah in die Gesichter ihrer Kolleginnen, alle schienen abgekämpft zu sein; auch die zwei Aushilfen vom Studentenhilfsdienst, die während der Adventszeit extra zum Einpacken der Geschenke eingestellt worden waren. Ihre Filialleiterin bedankte sich bei allen noch einmal für ihren Einsatz am heutigen Tage und drückte dann jeder

Mitarbeiterin als Weihnachtsgeschenk den üblichen Gutschein der Firma in die Hand. Dann wünschte man sich gegenseitig noch schnell recht fröhliche und auch erholsame Weihnachtstage, und endlich konnten alle den Heimweg antreten. Ob Dominik, der heute nicht arbeiten musste, zuhause wohl wenigstens die Küche in Ordnung gebracht hatte? Ihr Freund war ja ein lieber Kerl, aber in dieser Hinsicht hatte er leider immer noch sehr veraltete Ansichten.

„Das bisschen Haushalt, das schaffst Du doch mit links", pflegte er oft ein wenig abschätzig zu sagen. Doch, wenn sie ihm erklärte, was er tun sollte, dann war er durchaus zur Mithilfe bereit, aber von selbst fiel es ihm leider niemals ein die Spülmaschine auszuräumen oder gar zum Staubsauger zu greifen.

Endlich hielt ihr kleines Auto vor dem großen Wohnblock, in dem sie mit Dominik lebte. Es war kaum zu fassen, aber heute hatte sie tatsächlich das unglaubliche Glück gehabt, auf Anhieb einen Parkplatz zu finden, eine Seltenheit in dieser beliebten Wohngegend. Wenige Augenblicke später öffnete sie ihre Wohnungstür, trat ein und erstarrte! Noch heute Morgen hatte sie Dominik gebeten doch wenigstens den Weihnachtsbaum vom Balkon zu holen und ihn einzustielen. Den Karton mit dem Christbaumschmuck hatte sie ebenfalls schon im Wohnzimmer bereitgestellt. Wie sie auf den ersten Blick sehen konnte, hatte sich nichts getan – absolut gar nichts! Der Tannenbaum lehnte nach wie vor in einer Ecke auf dem geräumigen Balkon, das Frühstücksgeschirr stand noch immer direkt neben der Spülmaschine, und Dominik hatte sich gerade einmal wieder einen Kaffee zur Stärkung aufgegossen. Bei diesem Anblick platzte ihr buchstäblich der Kragen.

„Was hast Du heute denn gemacht? Wir hatten doch vereinbart, dass Du wenigstens den Baum aufstellen und anschließend kurz saugen solltest, warum ist das nicht geschehen?", fauchte sie ihn an.

Wie ertappt fuhr Dominik zusammen.

„Das mit dem Baum habe ich versucht, ehrlich, aber allein kriegt man das so schlecht hin, deshalb habe ich es aufgegeben und auf Dich gewartet, tut mir echt leid!", entschuldigte er sich verlegen.

„Ja, und warum hast Du dann nicht wenigstens schon mal die Betten gemacht oder die Spülmaschine ausgeräumt?"

„Du kannst das doch alles ohnehin viel besser und schneller. Außerdem weißt Du genau wo alles hingehört", verteidigte er sich kleinlaut.

„Du weißt auch, dass unsere Teller und Tassen seit Jahren an der gleichen Stelle im Schrank stehen, und das Besteck habe ich auch noch nicht umgesiedelt."

„Ach Schatz, das bisschen Haushalt…"

Jetzt reichte es Tanja endgültig. Sah er denn nicht wie erschöpft sie nach Hause gekommen war?

„Wenn Du meinst", schnappte sie, griff nach ihrem Schlüssel, rannte hinaus und knallte die Wohnungstür laut hinter sich zu. Erschrocken und ratlos sah Dominik ihr nach. Tanja stürmte währenddessen aus dem

Haus. In dem Moment wollte sie nur weg – aber wohin? Ihre Eltern erwarteten sie und Dominik erst am nächsten Tag; und überhaupt wollte sie sich erst einmal abregen. Dominik hatte es sicher nicht böse gemeint, das wusste sie, aber dieser dumme Machospruch war gerade heute wirklich das Allerletzte was ihr noch gefehlt hatte. Tränenblind stolperte sie durch die menschenleeren Straßen. Natürlich waren die meisten Geschäfte schon längst geschlossen, lediglich der große Supermarkt schien noch geöffnet zu sein, aber was sollte sie dort? Nein, zu essen hatten sie genug im Haus, also lief sie unentschlossen weiter. Da kam der Stadtpark in Sicht, und die alten Laternen tauchten die Bäume und Sträucher in ein warmes, einladendes Licht. Um diese Zeit würde bestimmt niemand mehr dort sein, also lenkte sie ihre Schritte dorthin. Eine Bank lud zum Verweilen ein, und Tanja setzte sich, um sich erst einmal richtig auszuheulen. Erst nachdem sie schon eine ganze Weile dort gesessen hatte, bemerkte sie, dass das Wetter inzwischen sehr viel ungemütlicher geworden war. Es hatte sacht angefangen zu nieseln, und auch die Temperaturen waren, wie vom Wetterdienst angekündigt, erheblich heruntergegangen. Sie fröstelte. Sie musste einfach hier weg, aber wohin? Selbst, wenn sie eine offene Kneipe fände, danach stand ihr nicht der Sinn. Alle ihre Freunde saßen jetzt entweder noch in der Kirche oder mit ihrer Familie unter dem geschmückten Tannenbaum. Ob sie doch zu ihren Eltern fahren sollte? Mitten in diese Überlegungen hinein drang ein Geräusch in ihr Bewusstsein. Sie vernahm in der Nähe ein leises Zwitschern, und plötzlich streifte gleichzeitig etwas hauchzart und nur ganz kurz ihre Wange. Erstaunt sah sie hoch und sah, dass neben ihr auf der Banklehne ein niedlicher kleiner, weiß-blauer, zahmer Wellensittich gelandet war. Zutraulich hüpfte er langsam näher. Darüber musste Tanja trotz ihres Kummers lächeln.

„Na, wer bist Du denn, und wo kommst Du her?", fragte sie unwillkürlich.

Dann hob sie vorsichtig die Hand, um ihm über das helle Federkleid zu streichen, was der Vogel sich offenbar gern gefallen ließ. Er war sicher irgendwo entflogen und inzwischen so durchnässt, dass er kaum weiterfliegen konnte, stellte sie fest.

„Was soll ich nur mit Dir machen?", fragte Tanja.

Daraufhin legte der kleine Vogel sein Köpfchen schief und gab ganz leise einen weiteren Piepton von sich.

„Also, hier können wir beide jedenfalls nicht bleiben, das steht fest. Du erfrierst sonst, die Nacht soll sehr kalt werden. Außerdem denke ich, für mich wird es auch Zeit daheim nach dem Rechten zu sehen."

Mit diesen Worten nahm Tanja den Vogel behutsam in die Hand und steckte ihn in ihre geöffnete Handtasche.

„Etwas anderes habe ich nicht für den Transport, bis zuhause musst Du jetzt da drin sitzen bleiben", sagte sie dabei.

Vertrauensvoll ließ das kleine Kerlchen sich von ihr mitnehmen.

Endlich stand sie erneut vor ihrer Haustür und klingelte Sturm. Als sie im zweiten Stock ankam, stand Dominik schon in der geöffneten Wohnungstür und empfing sie mit den Worten: „Wie gut, dass Du zurück bist – ich habe mir schon Sorgen gemacht!"
Strahlend ging er auf Tanja zu und nahm sie in die Arme. Ihr war auf dem Heimweg längst klargeworden, dass sie überreagiert hatte, aber während ihrer stundenlangen Abwesenheit schien auch Dominik ein Licht aufgegangen zu sein, denn als sie die Wohnung erneut betrat, fiel ihr schnell auf, dass jetzt im Wohnzimmer der fertig geschmückte Weihnachtsbaum stand, und Dominik tatsächlich gerade dabei gewesen war, auch das Frühstücksgeschirr in die Spülmaschine zu räumen.
„Es tut mir wirklich leid, bitte sei mir nicht mehr böse!" bat er.
„Nein, mir tut es leid, wir sollten uns doch durch so einen dummen Streit nicht das ganze Weihnachtsfest verderben lassen!", erwiderte Tanja glücklich. Dann ertönte erneut ein leises Piepsen.

„Was ist das denn? Das hört sich ja an, als käme das aus Deiner Handtasche", stellte Dominik erstaunt fest.

„Schau mal, der ist mir im Park zugeflogen", erklärte Tanja. „Haben wir noch etwas Vogelfutter? Außerdem liegt doch noch ein Kopf Salat im Kühlschrank, vielleicht mag er davon ein Blättchen. Sonst muss ich morgen Anna anrufen, Du weißt schon, die Kollegin, die sich ehrenamtlich im Tierheim engagiert Sie weiß ganz sicher Rat wie wir ihn die Feiertage über pflegen können. Ich hatte früher auch mal einen Kanarienvogel, der alte Käfig müsste auch noch bei meinen Eltern auf dem Boden stehen, den sollten wir morgen mitnehmen."

„Vorerst können wir für ihn einen Karton herrichten, und dann sollten wir ihn vorsichtig, und mit genug Abstand, eine Weile unter die Wärmelampe setzen, er ist ja ganz feucht geworden, der Arme. Er darf sich doch nicht erkälten!", schlug Dominik fürsorglich vor.

Gerührt sah Tanja ihm dabei zu, wie er sofort eifrig alles Nötige hervorkramte.

„Den kriegen wir schon wieder hin!",
versicherte er ihr eifrig. „Ach ja, und ich
ärgere Dich in Zukunft bestimmt nie mehr
mit dem bisschen Haushalt – versprochen!"

Ein weihnachtliches Missgeschick

Viele, viele Jahre ist es her, seitdem ich erstmalig meine bis dahin nur mäßig ausgeprägten schauspielerischen Fähigkeiten unter Beweis stellen durfte. Die Gruppe der Konfirmanden hatte damals in unserer Gemeinde die durchaus ehrenvolle Aufgabe am Heiligen Abend für den jährlichen Familiengottesdienst auch das traditionelle Krippenspiel einzuüben. Mir war dabei die Rolle eines der heiligen drei Könige zugefallen. Ich sollte den Balthasar spielen und als solcher dem neugeborenen Kind kostbare Myrrhe mitbringen.

Von uns wurde auch erwartet, dass wir uns selbst um die benötigten Kostüme und Requisiten kümmern sollten. So hatte ich meine Mutter überreden können, mir aus einem schweren, alten Vorhangstoff einen königlichen Umhang zu nähen. Auch beim Basteln meiner Krone aus Goldpapier war sie mir netterweise behilflich. Jetzt fehlte mir nur noch ein entsprechendes Gefäß für meine wertvolle Gabe an das Jesuskind. Für dieses Problem hatte meine Tante Mathilde, die damals nebenan wohnte, eine gute Lösung parat.

„Du kannst meine blaue Deckelvase mit dem Goldrand haben", schlug sie vor. „Die hat genau die richtige Größe und sieht richtig kostbar aus. Aber pass auf, sie ist aus Porzellan, wenn Du sie fallen lässt, dann ist sie hin. Zu den Proben nimm stattdessen lieber eine alte Dose mit", riet sie mir am Schluss. Sie versprach mir aber, das gute Stück rechtzeitig für die Aufführung vorbei zu bringen. Damit war für mich alles klar.

Die wöchentlichen Proben verliefen gut, und langsam begann mir meine Rolle als König Balthasar sogar Freude zu machen. Endlich war der Heilige Abend gekommen, und meine Tante hatte mir bereits am Vormittag ihre schöne Vase gebracht. Allerdings nicht ohne die erneute Mahnung, doch bitte gut auf sie aufzupassen. Einige Stunden später brachen wir zum Gottesdienst auf. Für uns Schauspieler waren schon die ersten beiden Kirchenbänke reserviert, während unsere

Eltern sich weiter hinten einen Platz suchen mussten. Mein Freund Ulli, der noch viel pünktlicher in die Kirche gekommen war als wir, hatte neben sich auch für mich einen Platz freigehalten. Er winkte mir fröhlich zu und machte ein entsprechendes Zeichen. Ulli war als König Melchior verkleidet; und der Dritte im Bunde, der schwarze Kaspar, wurde von unserem gemeinsamen Freund Jürgen dargestellt. Ulli und Jürgen hatten, genau wie ich, eine selbstgebastelte Krone auf dem Kopf und ihre Geschenke an das neugeborene Christkind in edel aussehenden Gefäßen auf dem Schoß. Außerdem trugen beide ähnlich weite Umhänge wie ich. Unruhig rutschte vor allem Jürgen in unserer Bank hin und her.

„Hoffentlich vergesse ich nicht meinen Text! Seid Ihr auch so aufgeregt?", flüsterte er.

„Ach was, es sind doch bloß ein paar Sätze, und die wirst Du Dir doch wohl merken können!", versuchte ich ihn zu beruhigen, als ich in sein sorgenvoll verzogenes Gesicht blickte. Jürgen schwieg, aber er begann erneut damit, unruhig hin und her zu zappeln.

„Mensch, es ist doch nur ein Krippenspiel; und wenn Du Deinen Text vergessen hast, dann springe ich ein und sage ihn Dir vor", bot Ulli ihm großzügig an. Diese Aussicht schien Jürgen einigermaßen zu beruhigen. Unterdessen füllte sich die Kirche, wenig später brauste die Orgel auf, und es erklang das Eingangslied. Danach trat der Pastor vor die Gemeinde, um alle zu begrüßen und noch die wichtigsten Ankündigungen zu verlesen. Dann sangen wir alle gemeinsam das erste Weihnachtslied, bevor unser Krippenspiel beginnen sollte.

Aber Jürgens Nervosität schien inzwischen wiederzukehren – leider. Bei den Proben im Gemeindehaus hatte immer alles bestens geklappt, aber hier in der Kirche vor Publikum war das offenbar etwas anderes. Aber es half ja nichts, jetzt mussten wir zusammenhalten und die Sache durchziehen. Vor dem Altar nahm unterdessen das weihnachtliche Geschehen seinen Lauf.

Josef und Maria klopften vergebens an etliche Türen, bis endlich ein mitleidiger Herbergswirt sich ihrer erbarmte und ihnen erlaubte, seinen Stall, der weit draußen vor der Stadt lag aufzusuchen, um dort zu übernachten. Während Maria und Josef sich auf den Weg dorthin machten, sang die Gemeinde ein weiteres Lied. In der nächsten Szene saß Maria vor der Krippe, Josef stand daneben, und die Hirten kamen, um das neugeborene Kind zu bestaunen. Die Engel waren auch auf der Bühne, und unser Auftritt sollte folgen. Während die Könige erwartet wurden, sang die Gemeinde noch ein kurzes Lied. Gerade verklang die letzte Strophe, da geschah es. Wieder einmal rutschte der überaus nervöse Jürgen hin und her, wollte aufstehen und erwischte dabei, mit seinem etwas ungeschickt gerafftem Umhang, meine Vase, die ich vor mir auf dem Fußboden abgestellt hatte. Polternd und laut scheppernd kippte sie um und zerbarst gleich in mehrere Teile. Nur der Boden und der Deckel waren wunderbarerweise heil geblieben. Vor lauter Schreck entfuhren mir ziemlich laut die Worte: „Du Idiot, konntest Du nicht besser aufpassen? Das war doch die Vase von Tante Mathilde!"

Oje, das hatten jetzt garantiert alle Kirchenbesucher gehört! Ich meinte sogar ein verstohlenes, leises Kichern in der Bank hinter mir wahrgenommen zu haben. Jürgen wurde knallrot und stammelte: „Das war doch keine Absicht!"

Aber das Krippenspiel musste weitergehen, und so stieß Ulli Jürgen an, damit er vortreten sollte. Daher wankte Jürgen gehorsam nach vorn und Ulli, als zweiter König, hinterher. Natürlich hatte Jürgen nun seinen Text durch diesen unglücklichen Zwischenfall endgültig komplett vergessen, und sogar die leise vorgesagten Worte von Ulli halfen nichts, er musste dann anstelle von Jürgen alles noch einmal laut wiederholen. Und ich? Was bleib mir anderes übrig als die kläglichen Reste meiner Vase aufzusammeln, um mein Geschenk dem Kind in der Krippe zu bringen. Was würde Tante Mathilde nur dazu sagen?

Endlich war die Aufführung vorbei. Es wurde noch gebetet, die Gemeinde empfing den Weihnachtssegen, und zum Abschluss des Gottesdienstes wurde ein letztes Lied gesungen, bevor alle eilig dem Ausgang zustrebten. Dann stand der Küster neben mir, um die Scherben aufzufegen.

„Wird schon nicht so schlimm sein, Junge", versuchte er mich zu trösten, als er meine unglückliche Miene sah. Einen Augenblick später standen meine Eltern und Tante Mathilde neben mir. Ein Blick in ihr Gesicht zeigte mir gleich, dass sie nicht, wie befürchtet, böse auf mich war – zum Glück!

„Schade um die schöne Vase, aber so ein Missgeschick kann passieren, es ist alles gut", versicherte sie Jürgen und mir lächelnd, der wie ein armer Sünder neben mir stand. Er hatte wohl statt so netter, verständnisvoller Worte eher eine tüchtige Strafpredigt erwartet. Unsere Erleichterung über die Reaktion meiner Tante war wirklich grenzenlos!

„So, Balthasar, jetzt komm endlich mit nach Hause", forderte mein Vater mich auf.

„Jürgen, da vorn warten Deine Eltern auch schon auf Dich. Frohe Weihnachten Euch allen", setzte er noch hinzu, bevor Jürgen zu seinen Eltern ging. Auch Ulli wünschte uns allen ein frohes Fest und verabschiedete sich dann ebenfalls recht schnell.

Als wir dann später zuhause nach dem Abendessen und der Bescherung in unserem Wohnzimmer gemeinsam neben dem Tannenbaum saßen, meinte meine Mutter nachdenklich: „Ein Gutes hat die Sache, jetzt weiß ich, was wir Mathilde zum nächsten Geburtstag schenken können – eine neue Deckelvase natürlich!"

Der Weihnachtshund

Thomas hatte schon viele Stunden hinter dem Lenkrad seines großen Trucks gesessen, und eigentlich hätte er schon längst eine Pause machen müssen, aber er wollte, so lange es nur ging, durchfahren, weil er gerade heute, am Heiligen Abend, halbwegs pünktlich zuhause bei seiner Frau Antje sein wollte. Also hatte er die Zähne zusammengebissen und war weitergefahren, aber jetzt spürte er, dass er dringend einen Kaffee brauchte, ansonsten würde er womöglich noch hinter seinem Steuer einschlafen. Zum Glück kam da vorn seine Stammraststätte in Sicht. Dort wollte er kurz anhalten, um sich einen Coffee to go und ein Brötchen zu holen. Bei der Gelegenheit konnte er sich auch die Füße ein wenig vertreten, bevor er die letzten Kilometer, die ihn noch von zuhause trennten, in Angriff nahm. Als er die Raststätte betrat, erkannte ihn die junge Dame hinter der Theke und grüße gleich freundlich: „Hallo, auch noch unterwegs?"

„Ja, es ging nicht anders, aber bald habe ich es geschafft, Gott sei Dank!", entgegnete er und fügte hinzu: „Sie arbeiten heute ja auch, trotzdem wünsche ich Ihnen natürlich frohe Weihnachten!"

„Danke, dass wünsche ich Ihnen ebenso. Sie wissen doch, Weihnachten ist das Fest der Familie, und wenn man ledig ist so wie ich, dann ist man an solchen Tagen fast automatisch dran Dienst zu schieben. Das kenne ich ja schon", antwortete sie gleichmütig, bevor sie ihn nach seinen Wünschen fragte.

Mit den Worten „weiterhin eine gute Fahrt", reichte sie ihm seine Bestellung.

„Danke, dann bis zum nächsten Mal", verabschiedete Thomas sich von ihr und ging hinaus. Ein paar Schritte an der frischen Luft würden ihm guttun. Vom langen Sitzen war er schon ganz steif geworden. Es hatte sacht zu schneien begonnen; eigentlich war heute richtig stimmungsvolles schönes Weihnachtswetter, jedenfalls, wenn man zuhause gemütlich im warmen Wohnzimmer sitzen konnte, fand

Thomas. Aber bald würde er ja schließlich auch daheim sein, tröstete er sich selbst, und seine Antje würde bestimmt mit einem leckeren Abendessen auf ihn warten. Sie war immer so fürsorglich, seine Frau, dachte er liebevoll. Sie beklagte sich nie, wenn er später als angekündigt nach Hause kam, denn sie wusste wie es auf den Straßen zuging und war jedes Mal froh, wenn er heil wieder zuhause eintraf. Während er an seine Frau dachte, und sich auf die vor ihm liegenden freien Tage mit ihr freute, drang ein leiser Ton an sein Ohr. Ein Wimmern oder ein Fiepen, so genau konnte er es im ersten Augenblick gar nicht einordnen. Er hob den Kopf und lauschte. Aus welcher Richtung kam dieses seltsame Geräusch nur? Da hatte doch wohl niemand ein Baby ausgesetzt? Traurig genug, aber Thomas wusste, es gab heutzutage nichts was unmöglich war. Er musste der Sache auf den Grund gehen, sonst würde er keine Ruhe finden. Wieder ertönte das leise Wimmern, dieses Mal etwas lauter, so schien es ihm, während er langsam weiterging. Neben dem

Parkplatz der Raststätte standen viele große Bäume und Büsche, irgendwo aus dieser Richtung mussten die seltsamen Laute kommen. In der einbrechenden Dämmerung tastete er sich vorsichtig Schritt für Schritt weiter vor, und endlich sah er was ihn herbeigerufen hatte. An einen hohen Baum gebunden hockte dort ein kleines Fellbündel, das ihn aus weit aufgerissenen Augen angstvoll fixierte.

„Was machst Du denn so ganz allein hier? Keine Angst, ich tue Dir doch nichts", versuchte er den Hund zu beruhigen, der ängstlich vor ihm zurückwich, als er sich ihm näherte. So eine Gemeinheit, ein hilfloses und verschrecktes Tier einfach hier allein zu lassen und wegzufahren, empörte er sich. Der kleine Hund war angeleint, und hatte sich bei den verzweifelten Versuchen sich zu befreien, nur noch mehr in der kaputten, schmutzigen Leine verstrickt. Ein ungeheurer Zorn stieg in Thomas hoch, während er versuchte den armen kleinen Kerl zu befreien.

„Verdammte Schweinerei", knirschte er, als er schließlich sein Taschenmesser aus der Hosentasche zog, um die Fesseln des Tieres einfach zu durchtrennen. Die alte Leine taugte ohnehin nicht mehr viel. Der kleine Hund schien inzwischen begriffen zu haben, dass dieser Mensch keine Bedrohung für ihn darstellte, sondern im Gegenteil bemüht war ihm zu helfen. So hielt er ganz still, während Thomas versuchte ihn zu befreien. Endlich war es geschafft!

„Was machen wir denn nun mit Dir, mein Kleiner?", fragte Thomas das völlig entkräftete Tier. Wer wusste denn schon wann sein Peiniger den armen Hund hier angebunden hatte. Womöglich hockte er schon tagelang ohne Wasser und Nahrung hier am Rande des Wäldchens. Es war ja nur ein glücklicher Zufall, dass Thomas ihn gefunden hatte. Vor lauter Mitleid krampfte sich sein Herz zusammen. Kurzerhand nahm er seinen neuen Freund auf den Arm und betrat wenig später erneut die Raststätte. Die freundliche junge Dame würde ihm sicher weiterhelfen. Sie machte große Augen, als sie Thomas wiederkommen sah, noch dazu in Gesellschaft eines Hundes.

„Wo kommt der denn so plötzlich her?", erkundigte sie sich. Das arme Kerlchen war völlig verwahrlost, das sah man auf den ersten Blick. In kurzen Worten schilderte Thomas, wie er den kleinen Hund gefunden hatte.

„Am besten rufen wir die Polizei, die wird ihn dann sicher ins Tierheim bringen", schlug ihm die junge Frau vor. „Aber zuallererst braucht er Wasser, und vielleicht finde ich in der Küche auch noch ein paar Reste für ihn. Er ist bestimmt halb verhungert, der Arme! Kommen Sie, in den Gastraum darf ich Sie mit einem Hund nicht lassen, aber in unserem Aufenthaltsraum, da können Sie ihn füttern", fügte sie hinzu. Dankbar nahm Thomas ihr freundliches Angebot an und folgte ihr. Augenblicke später sahen die beiden gerührt zu, wie sich der Hund zuerst auf den gefüllten Wassernapf stürzte, um anschließend gierig auch die ihm angebotenen Fleischreste zu vertilgen.

„Du bist aber wirklich hungrig, Kleiner!", sagte die junge Dame mitleidig und ging los, um Nachschub zu holen, der allerdings ebenso im Nullkommanichts wieder vom Teller verschwand.

Zum Glück waren um diese Uhrzeit nur wenige Gäste im Restaurant. Die meisten waren ebenfalls Fernfahrer und auf dem Rückweg von ihrer Tour. Einer der Männer, die dort saßen, hatte den Zwischenfall mitbekommen. Er steckte den Kopf zur Tür herein und fragte: „Kann ich Dir helfen, Kumpel?"
„Wenn Du eine Dose Hundefutter für uns hast, dann gern", gab Thomas zurück.
„Du wirst Dich wundern, die habe ich."
Mit diesen Worten ging der Mann hinaus und kam wenig später gleich mit mehreren großen Dosen zurück.
"Mein Beifahrer heißt Rex und ist ein Schäferhundmix, soweit ich weiß jedenfalls. Den hatte auch jemand einfach an einer Raststätte zurückgelassen, ist jetzt etwa drei Jahre her. Seitdem begleitet er mich auf

Schritt und Tritt, er ist sozusagen meine Familie, und `ne bessere kann ich mir nicht vorstellen, glaub´s mir!", erzählte er. „Hier, das ist mein Weihnachtsgeschenk für den armen, kleinen Kerl. Selbst wenn Du die nächste Ausfahrt nimmst, wirst Du heute keinen Laden mehr finden, der um diese Zeit noch geöffnet hat. Hiermit könnt Ihr die nächsten Tage überbrücken. Wirst Du den Kleinen denn behalten?", erkundigte er sich bei Thomas.

Das wollte er nur zu gern, aber was würde seine Antje dazu sagen? Sie mochte Tiere und hatte ein großes Herz, das wusste er genau. Ins Tierheim konnten sie den Hund ja auch nach den Feiertagen noch bringen, überlegte Thomas.

„Ich nehme ihn erst mal mit nach Hause, dann sehen wir weiter", beschloss er, und blickte zu dem kleinen Hund hinüber, der sich inzwischen wieder verschüchtert in die hinterste Ecke des Raumes zurückgezogen hatte.

„Antje wird Augen machen, wenn ich mit einer lebendigen Weihnachtsüberraschung für sie zurückkomme", meinte er.

„Sie wird gerührt sein, das prophezeie ich Dir", vermutete sein neuer Kumpel, bevor er sich von Thomas verabschiedete, nachdem er eine Bezahlung des Hundefutters noch einmal vehement abgelehnt hatte.

„Rex wartet auf mich, wir wollen heute Nacht endlich mal wieder im eigenen Bett schlafen. Fröhliche Weihnachten wünsche ich Euch, macht's gut, vielleicht sieht man sich mal wieder, das würde mich freuen!"

„Danke, vielen Dank noch mal - und Dir und Rex auch frohe Feiertage", rief Thomas ihm nach.

Dann verabschiedete er sich erneut von der netten Kellnerin, klemmte sich seinen Schützling unter den Arm, ging zum Parkplatz und stieg wieder in seinen Truck. Jetzt wurde es allerhöchste Zeit für den Heimweg. Neben ihm lag der kleine Hund und schlief tief und fest. Und plötzlich kam Thomas die Fahrt nach Hause gar nicht mehr so lang vor.

Als er endlich zuhause auf den großen Hof bog, kam seine Antje ihm gleich freudig entgegengelaufen und begrüßte ihn wie immer stürmisch. Wie erwartet machte sie große Augen, als sie den kleinen Hund sah.

„Ist der süß, natürlich behalten wir den!", sagte sie begeistert.

„Ich dachte, wir könnten ihn Noel nennen, schließlich habe ich ihn heute am Heiligen Abend gefunden, da passt das doch gut", schlug Thomas vor.

Antje lachte, und meinte: „Schau lieber noch einmal genauer hin, das hier ist eindeutig eine Hündin, aber wie können sie Noelle nennen, wie gefällt Dir das?"

„Einverstanden", lachte auch Thomas. „Willkommen zuhause kleine Noelle!"

Wenn Engel reisen...

Margot Körber führte ein glückliches und zufriedenes Leben, nur in der Adventszeit überfiel sie regelmäßig ein Hauch von Melancholie. Margot´s Familie stammte ursprünglich aus Schlesien, und ihre Mutter hatte gegen Ende des Krieges mit ihr und ihrer Schwester Traudl fliehen müssen, während ihr Vater noch immer an der Ostfront kämpfte. Zwölf war sie damals gewesen und Traudl fünfzehn. Mit der Vertreibung aus ihrer Heimat hatte die bis dahin glückliche Kindheit der beiden Mädchen abrupt geendet. Zwar hatten sie zunächst bei Verwandten im Ruhrgebiet unterschlüpfen können, aber bis der Vater, und das leider erst Jahre später, aus der Kriegsgefangenschaft heimgekehrt war, hatten sie schwere Zeiten erlebt. Nach seiner Rückkehr ging es endlich wieder bergauf mit Margot´s Familie. Auf der Flucht hatten sie nur das Nötigste mitnehmen können. Etwas Kleidung natürlich, auch ein paar Haushaltsgegenstände und sogar die letzten

Lebensmittelvorräte, aber mehr passte beim allerbesten Willen nicht auf den kleinen Handwagen. So viel musste zurückgelassen werden; unter anderem auch der traditionelle alte Weihnachtsschmuck, um den sich eine ihrer allerwichtigsten Kindheitserinnerungen rankte.

Traudl und Margot hatten beide zu einem dieser damaligen Weihnachtsfeste einen kleinen Porzellanengel bekommen. Die brünette Traudl erhielt einen blonden Engel im rotem Kleid, der aussah, als würde er inbrünstig und aus voller Kehle ein Lied schmettern. Margot, die blonde Locken hatte, bekam einen Engel mit hellbraunem Haar, der ein lindgrünes Kleidchen trug, und die kleinen Hände hinter dem Köpfchen verschränkt hielt und dem Betrachter fröhlich entgegenlachte. In der Adventszeit hatten die beiden Engel immer auf der Fensterbank in ihrer Wohnküche gestanden, und nach dem Abendessen wurde täglich eine Kerze auf den Tisch gestellt und angezündet. Dann erzählte ihr Vater seinen

Töchtern Weihnachtsgeschichten, und oft brutzelten dabei auch einige leckere Bratäpfel im Ofen. An diese gemütlichen Winterabende dachte Margot auch nach vielen Jahren immer noch voll Sehnsucht zurück. Diesen Engel hatte sie heiß und innig geliebt. Klara, so hatte sie ihn genannt. Und noch Jahre später hatte sie immer wieder versucht ihr „Klärchen" irgendwo zu finden. Mit ihrem späteren Mann Siegfried zusammen hatte sie, wo immer sie hinkamen, in den Läden danach gefragt, etliche Flohmärkte auf der Suche nach diesem speziellen Engel abgegrast und sogar einige Jahre lang in der Vorweihnachtszeit im Internet eine Suchanzeige aufgegeben. Klara war seinerzeit von einer namhaften Firma hergestellt worden, das wusste sie genau, und diese Firma existierte auch nach dem Krieg noch, hatte allerdings die Produktion dieser Figurenserie schon längst eingestellt. Lediglich einen sehr alten Prospekt, auf dem die Engel zu sehen waren, konnte man ihr noch überlassen. Das erleichterte ihr zumindest die Suche danach, und dieses Bild hielt Margot in Ehren. Siegfried hatte seiner Frau im Laufe der Jahre bereits etliche Ersatzengel geschenkt, über die Margot sich natürlich auch jedes Mal pflichtschuldigst gefreut hatte, aber keiner davon konnte ihre kostbaren Erinnerungen an diesen alten Traumengel ersetzten!

Und wieder einmal näherte sich das Weihnachtsfest mit Riesenschritten. Teure Geschenke gab es im Hause Körber nie, aber einige liebevoll ausgesuchte Kleinigkeiten hatten Margot und Siegfried noch immer füreinander gefunden. Als die beiden nach dem Kirchgang neben ihrem kleinen, schön geschmückten Tannenbaum saßen und sich gegenseitig ihre Geschenke überreichten, sah Siegfried voller Spannung zu Margot hinüber. In diesem Jahr hatte er genau das Richtige getroffen, da war er ganz sicher! Margot war gerade dabei, das unscheinbare, kleine Päckchen, das sein ganz besonderes Geschenk enthielt, langsam und vorsichtig auszupacken. Als sie es in den Händen hielt, füllten sich ihre Augen mit Tränen, und Siegfried erschrak.

„Aber Liebling, warum weinst Du denn? Ich dachte, ich mache Dir eine große Freude!", stammelte er enttäuscht.

„Das hast Du doch auch, ich weine lediglich vor Rührung, hast Du das nicht gemerkt?", antwortete Margot, und dann erstarrte sie.

„Siggi, es ist Klara, meine Klara!", flüsterte sie noch einmal erstickt.

„Ja, ich weiß, in diesem Jahr hatte ich mal wieder eine Suchanzeige aufgegeben und endlich hat es geklappt…"

„Nein, das meine ich nicht. Es ist wirklich Klara, mein Klärchen! Sieh her, der eine Flügel ist geklebt, weil ich sie als Kind einmal fallengelassen habe. Damals hat Vater den Flügel zum Glück reparieren können. Hier ist die Stelle!", unterbrach Margot ihn aufgeregt.

„Du meinst, das ist wirklich der Engel, den Du als Kind so sehr geliebt hast?", fragte Siegfried ungläubig.

„Ja, genau das ist er", bestätigte Margot ihm.

„Ich habe immer gehofft, dass Klara eines

Tages zu mir zurückfliegen würde; und hier ist sie!"

„Sie hat wirklich eine lange Reise hinter sich, aber jetzt ist sie endlich wieder bei Dir gelandet", stellte Siegfried fest und nahm seine Frau zärtlich in die Arme.

„Fröhliche Weihnachten, Margot!"

„Ein schöneres Weihnachtsfest habe ich seit Jahren nicht erlebt! Dir auch fröhliche Weihnachten, lieber Siggi. Vielen, vielen Dank, ich freue mich so sehr!", antwortete Margot überglücklich und strahlte, sehr zu Siegfried's Freude, dabei über das ganze Gesicht!

Philippa

Es ließ sich leider überhaupt nicht leugnen, selbst beim besten Willen nicht; das naseweise Engelchen Philippa war eine der unartigsten Bewohnerinnen des Himmels. Sie erschien so gut wie niemals pünktlich, hatte meistens keine Lust zu tun, um was man sie bat und gab gelegentlich sogar Widerworte! So etwas kannte man bis dahin ganz und gar nicht im Reich von Petrus, dem Oberengel. Er war nett und meistens auch sehr geduldig, hatte einen langen, schlohweißen Bart und war für alle Engel eine Respektsperson. Nein, nicht für alle – leider!

„Du siehst aus wie mein Opa", hatte Philippa schon bei ihrer Ankunft zu ihm gesagt und ihn angegrinst. Da wusste Petrus gleich, dass er mit diesem trotzigen kleinen Engelkind ganz besonders viel Geduld würde aufbringen müssen.

Er hatte es am Anfang auch redlich versucht, aber es war wirklich nicht so leicht gewesen diese Aufgabe zu bewältigen, die ihm da unvermittelt zugefallen war. Zunächst hatte er Philippa gefragt, wo im Himmel sie denn gern mithelfen wolle. In der himmlischen Backstube zum Beispiel. Da gab es immer viel zu tun, ganz besonders natürlich vor Weihnachten, da wurde buchstäblich jede Hand gebraucht. Oder in der Postabteilung, denn in dem großen Himmelsbüro kamen nicht nur die Wunschzettel der Kinder an, sondern die Menschen schrieben sich das ganze Jahr über ihren Kummer und ihre Probleme von der Seele, und alle hofften auf himmlischen Beistand. Häufig waren es nur kleine Zettelchen, die in der Himmelspost auftauchten, manchmal kamen aber auch sehr ausführliche Briefe an; und jede noch so kurze Nachricht musste gelesen und bearbeitet werden. Dann gab es natürlich auch noch die große Nähstube und die berühmte Weihnachtswerkstatt, in der das Spielzeug hergestellt wurde.

„Wo möchtest Du denn nun mitmachen?", hatte Petrus das kleine Engelchen freundlich gefragt. Philippa zuckte nur ratlos mit den

Schultern, überlegte einen Moment lang und antwortete schließlich: „Kekse esse ich gern, vielleicht sollte ich es mal in der Backstube versuchen."

„Gut, dann bringe ich Dich erst mal dort unter, und wenn es Dir nicht gefallen sollte, dann sehen wir weiter", entschied Petrus kurzerhand. Die Engel in der himmlischen Backstube waren zuerst hocherfreut durch Philippa Verstärkung zu bekommen und begrüßten sie herzlich. Sie fühlte sich dort auch wohl, allerdings stellte sich nur zu bald heraus, dass Philippa eine große Naschkatze war, denn immer mal wieder verschwanden größere Mengen von Plätzchen aus der Vorratskammer der Backstube, vor allem die mit Schokoladenguss verzierten Kekse waren unerklärlicherweise ständig alle. Und als der Engel, der die himmlische Backstube leitete, Philippa tatsächlich persönlich dabei erwischte, als sie eines Tages mit einem schokoladenverschmierten Mündchen aus der Vorratskammer an ihm vorbei zu huschen versuchte, da wurde er sehr böse und schimpfte sogar tüchtig mit ihr. Zwar versprach Philippa Besserung, aber dieser gute Vorsatz hielt nicht lange, so hatte man sie auf der himmlischen Backstube wieder entfernen müssen.

Auch beim Basteln stellte sie sich so ungeschickt an, dass die Engel dort sie gleichfalls nicht behalten wollten. Genauso erging es ihr in der Schreibstube.
„Wir hatten noch nie so viele Briefe mit Eselsohren oder dicken Fettflecken darauf", beschwerten sich die anderen Engel.
Singen mochte sie auch nicht, im Gegenteil; der Versuch, sie in die himmlischen Chöre einzugliedern, schlug gänzlich fehl. Sie krähte mit einer so furchtbar lauten und unmelodischen Stimme dazwischen, dass die Chorleiterin entsetzt die Hände über dem Kopf zusammenschlug! Außerdem konnte sie sich nie die Texte der neuen Lieder merken. Das war ganz eindeutig auch nicht der richtige Platz für sie. Petrus musste sich also schleunigst etwas einfallen lassen!
In seiner Not besprach er das Problem schließlich mit der gutmütigen Frau des

Weihnachtsmannes. Die überlegte einen Augenblick und meinte dann: „Ich glaube, Philippa fehlt eine Familie. Lass sie für eine Weile bei uns, dann sehen wir weiter:"

„Meinst Du wirklich?", fragte Petrus und kratzte sich unschlüssig am Kopf.

„Versuchen wir es doch einfach erst mal", schlug Frau Weihnachtsmann vor. So kam Philippa zu dem Weihnachtsmann und seiner Frau. Wie sich schnell herausstellte, war das genau die richtige Entscheidung. Zwar spielte Philippa auch dem lieben Weihnachtsmann einige kleine Streiche, aber er und seine Frau hatten sehr viel Verständnis für sie. Lediglich, als sie dem Weihnachtsmann eines Nachts einen großen Eiszapfen ins Bett gelegt hatte, und er daraufhin einen ganz üblen Schnupfen bekam, wurde er doch ärgerlich, weil er Angst hatte, womöglich am Heiligen Abend krank zu sein und deshalb nicht zur Erde hinunterfahren zu können, um die Kinder zu beschenken. Aber dank der guten Pflege seiner Frau schaffte er es bis dahin halbwegs gesund zu werden, und Philippa durfte ihn sogar zur Erde begleiten. Das war für die kleine Philippa ein ganz besonderer Tag. Widerspruchslos ließ sie sich von Frau Weihnachtsmann für die Reise warm einpacken. Schließlich stand sie neben dem Weihnachtsmann, und trug die gleiche Kluft wie er. Ein rotes Mäntelchen mit weißem Pelzbesatz, dazu eine passende Mütze, natürlich warme Handschuhe, und schwarze Stiefelchen hatte sie auch bekommen. Dann wurden die Rentiere aus dem Stall geholt, vor den voll beladenen Schlitten gespannt und los ging es. Diese Tour zur Erde fand Philippa großartig! Mit vor lauter Aufregung glühenden, roten Bäckchen saß sie neben dem Weihnachtsmann und strahlte vor Freude! Begeistert half sie ihm, alle großen und kleinen Weihnachtspäckchen richtig zu verteilen. Und als endlich, am Ende dieser langen Nacht, alle Kinder beschenkt worden waren, fuhren der Weihnachtsmann und sein kleiner Engel erschöpft aber sehr glücklich zurück nach Hause.

Jetzt erst verstand Philippa, warum alle Engel im Himmel so gern auf diesen großen, einmaligen Tag im Jahr hinarbeiteten.

„In Zukunft möchte ich immer dabei sein, wenn Du die Geschenke zur Erde bringst", versicherte sie anschließend ganz ernsthaft dem darüber natürlich hocherfreuten, aber sehr überraschten Weihnachtsmann.

„Das ist fein, meine Kleine. Aber dann musst Du Dir auch überlegen, bei welchen Weihnachtvorbereitungen Du bis dahin am besten helfen kannst", schmunzelte der Weihnachtsmann zufrieden. Da hatte seine kluge Frau doch wieder einmal recht behalten, als sie gemeint hatte, Philippa müsse nur verstehen können, warum alle im Himmel so eifrig bei der Arbeit waren. Ab jetzt würde es gewiss viel weniger Probleme mit ihr geben, davon war er fest überzeugt!

Philippa und die kleine Katze

Nachdem das kleine Engelchen Philippa den Weihnachtsmann im letzten Jahr das erste Mal am Heiligen Abend auf seiner Reise zur Erde begleiten durfte, hatte es sich sehr verändert. Philippa lebte zwar weiterhin beim Weihnachtsmann und seiner Frau, aber sie war jetzt durchaus bereit zu helfen, wo immer es nötig war. Deshalb wurde sie von Petrus auch gern als Botin eingesetzt. So brachte sie Nachrichten von einer Werkstatt in die andere, durfte die täglich anfallende Himmelspost verteilen, und vieles mehr. Sie kam überall hin, und meistens steckten ihr die Engel in der Backstube jetzt von selbst ein paar Schokoladenplätzchen zu, denn sie wussten ja wie gern Philippa die aß. In der großen Spielzeugwerkstatt entdeckte sie eines Tages einen neuen, wunderschönen Teddy mit ganz weichem, kuscheligem Fell, an den sie gleich ihr Herz verlor.

„Möchtest Du ihn haben?", fragte einer der Engel, der in der Werkstatt arbeitete. Dieser Teddy war eigentlich ein Musterstück und danach sollten noch viele weitere hergestellt werden.

„Oh, ja bitte!", strahlte Philippa, und der freundliche Engel drückte ihr den Teddy gleich in den Arm. Er würde einfach noch einmal einen neuen Teddy nähen, und selbst, wenn dieser Musterteddy ein klein wenig anders ausfallen würde, dann war das gar nicht schlimm, fand er. Diese andere, sozusagen ganz neue Philippa, hatten alle Engel schnell ins Herz geschlossen, und sie hatte bald sogar viele Freunde im Himmel gefunden; aber nach wie vor fehlte ihr etwas, das spürte sie ganz deutlich, aber was das war, vermochte sie nicht zu sagen.

Wie im Flug verging die Zeit und es waren nur noch wenige Tage bis zum Heiligen Abend. Philippa freute sich schon sehr darauf, erneut mit dem Weihnachtsmann die Erde besuchen zu dürfen. Dann war es endlich soweit. Der Weihnachtsmann und Philippa zogen ihre warmen Uniformen an. Dann wurde der große Schlitten mit den vielen bunt verpackten Geschenkpäckchen beladen, die tatendurstigen Rentiere konnten auch aus ihrem Stall geholt und eingespannt werden und los ging es. Wie im Jahr zuvor hatte Philippa viel Freude daran den lieben Weihnachtmann zu unterstützen. Wenn er mal nicht ganz so viele, schwere Päckchen ins Haus zu bringen hatte, durfte sie das sogar allein tun, während er im Schlitten sitzen blieb. Philippa war sehr stolz darauf, dass er ihr diese wichtige Aufgabe ab und zu ganz allein überließ. Kurz vor dem Ende ihrer langen Reise sah sie ein winziges Kätzchen zitternd im Schnee sitzen, und fast hätte der Weihnachtsmann es übersehen, aber nicht so Philippa, sie hatte wahrhaft scharfe Augen.

„Halt an, halt an!", rief sie laut.

Und während der Weihnachtsmann die Zügel anzog, und der Schlitten kurz darauf langsam zum Stehen kam, sprang Philippa bereits herunter, um nach dem Kätzchen zu schauen. Es maunzte ganz jämmerlich und schmiegte sich gleich in ihre Arme und schnurrte, als Philippa es sacht hochnahm.

„Was ist das denn? Willst Du die kleine Katze etwa mitnehmen?" fragte der Weihnachtsmann.

„Klar, dann bin ich nie mehr allein, wenn niemand Zeit für mich hat. Bitte, lieber Weihnachtsmann, wir können das Kätzchen hier doch nicht erfrieren lassen!", bettelte Philippa. Stirnrunzelnd überlegte der Weihnachtsmann einen kleinen Augenblick, bevor er antwortete: „Aber Tiere gehören eigentlich in eine ganz andere Abteilung in unserem großen Himmel…"

„Ist mir egal, dieses Kätzchen soll bei mir bleiben!", unterbrach Philippa ihn.

Dabei sah sie ihn mit ihren großen, bittenden Augen tatsächlich so flehend an, dass der Weihnachtsmann ihr diese dringliche Bitte einfach nicht mehr abschlagen konnte.

„Also gut", brummte er, „los kommt wieder rein in den Schlitten, alle beide! Es ist schon spät, wir müssen weiter."

Glücklich kletterte Philippa, mit dem kleinen Kätzchen im Arm, zurück auf den Schlitten und setzte sich gehorsam wieder auf ihren Platz. Fürsorglich wärmte sie die junge Katze unter ihrem dicken Mantel.

„Ich möchte lieber nicht wissen, was unser guter Petrus dazu sagen wird", grummelte der Weihnachtsmann, bevor er die Zügel erneut anzog um weiter zu fahren.

„Ach, der tut manchmal nur so streng, wenn er die kleine Katze sieht, dann kann er bestimmt nicht böse sein", hoffte Philippa.

„Dein Wort in Gottes Ohr", meinte der Weihnachtsmann, und damit gab sich Philippa erst einmal zufrieden.

Und Petrus? Er grollte schon ein bisschen, als er das Katzenkind zu Gesicht bekam, aber er beruhigte sich schnell wieder und meinte streng: „Na gut, wie heißt es immer so schön, Ausnahmen bestätigen die Regel, aber dass Du mir nicht noch einen ganzen Zoo hier anschleppst!"

„Wer weiß, vielleicht bringe ich Dir von der nächsten Weihnachtsreise einen Hund mit", antwortete Philippa ein wenig keck, was ihr wiederum einen strafenden Blick von Petrus einbrachte.

Seitdem sie im Himmel ist, hat sie eine Menge frischen Wind hier hineingebracht; und ich glaube fast, es ist nichts mehr unmöglich, dachte der Weihnachtsmann, hütete sich allerdings, dass zu sagen. Was seine Frau wohl zu dem Kätzchen sagen würde? Vermutlich würde sie sich gleich wieder auf Philippa`s Seite schlagen – wie immer eigentlich, aber das war schon in Ordnung, fand er.

Weihnachten – im Juli?

Oma Frieda war krank, sehr krank sogar. Sie hatte nur noch den Wunsch mit ihrer Familie ein letztes Mal Weihnachten zu feiern.

„So lange halte ich doch durch", das sagte sie immer wieder. Aber ihr Hausarzt war keinesfalls sicher, ob ihr das überhaupt noch gelingen würde. Die alte Dame war eine langjährige Patientin von ihm, und er kannte sie gut. Er mochte sie, vor allem, weil sie mit ihren knapp achtzig Jahren immer fröhlich und dem Leben zugewandt gewesen war; außerdem war sie zäh und beklagte sich so gut wie nie. Er tat für sie was er konnte, aber letztlich musste er, ebenso wie die Familie, mehr oder weniger hilflos zusehen wie ihre Kräfte schwanden, und daraus machte er auch kein Hehl.

„Wenn Sie ihr wirklich noch ein letztes Weihnachtsfest ermöglichen wollen, dann sollte man das vielleicht besser einige Wochen vorverlegen. Sie ist wirklich sehr krank!", das hatte er bei seinem letzten Hausbesuch zu ihrer Schwiegertochter Lissy gesagt. Das war Ende Mai gewesen, und natürlich hatte Lissy gleich mit ihrem Mann Erich darüber gesprochen. Am nächsten Tag hatte sie Melanie und Susanne, ihre beiden Töchter, ebenfalls telefonisch über dieses Gespräch mit dem Arzt in Kenntnis gesetzt. Melanie hatte sofort versprochen ihre Großmutter so schnell wie nur möglich zu besuchen und Susanne hatte ähnlich reagiert. Aber da beide Frauen halbtags arbeiteten und zudem auch in verschiedenen Städten wohnten, war ein Familientreffen außer der Reihe gar nicht so leicht zu arrangieren. Zu Weihnachten kamen immer alle zusammen, aber während des übrigen Jahres hielt man meistens untereinander eher am Telefon oder per E-Mail Kontakt. Auch die Schwestern sahen sich viel zu selten, was beide sehr bedauerten.

Nach diesem „Alarmanruf" von ihrer Mutter Lissy, wie Susanne es nannte, sprach sie kurze Zeit später mit ihrer Schwester, um mit ihr einen Termin abzusprechen, wann sie beide gemeinsam Oma Frieda besuchen könnten.

„Man weiß ja nicht, ob es womöglich das letzte Mal sein wird", hatte Susanne am Telefon gesagt, und dieser Satz ging Melanie nun gar nicht mehr aus dem Kopf. Ursprünglich war ja geplant, dass die Schwestern in vierzehn Tagen zusammen in ihr Elternhaus fahren wollten. Aber je länger sie darüber nachdachte, desto mehr hatte sie das Gefühl, dass so ein kurzer Besuch eigentlich gar nicht ausreichte. Trotzdem blieb es vorerst dabei, und als Susanne und Melanie zwei Wochen später für einen Tag zuhause waren, hatten sie zwar den Eindruck, dass Oma Frieda sich natürlich gefreut hatte sie zu sehen, aber dennoch schien sie ein wenig enttäuscht darüber zu sein, dass ihre Enkelinnen allein gekommen waren. Sie erkundigte sich eingehend nach Peter und Dietmar, den Ehemännern ihrer Enkelinnen und vor allem nach ihren Urenkeln Fabian, Timo und Carolin. Auf der Rückfahrt beratschlagten die beiden Schwestern ob und wie man möglichst bald ein Treffen mit allen Familienmitgliedern planen könne.

„Hat Mama nicht gesagt, dass Oma Frieda sich noch ein letztes Familienweihnachten wünscht und Doktor Campe Zweifel hat, ob sie tatsächlich noch so lange durchhält?", fragte Melanie.

„Ja, leider! Wieso?", wollte Susanne wissen.

„Es sind doch bald Sommerferien und es kam mir gerade in den Sinn, wir sollten Weihnachten doch am besten gleich um einige Monate vorverlegen, damit Oma Frieda das noch mal erleben kann. Dietmar und ich haben den ganzen Juli über frei. Wollt Ihr länger verreisen?", erkundigte sie sich bei Susanne.

„Nein, geplant haben wir in diesem Jahr noch nichts Festes, wenn Mama und Papa einverstanden sind, dann ginge das schon", überlegte Susanne. „Aber ich möchte das natürlich erst mal zuhause mit Peter und den Jungs absprechen. Ich finde Deine Idee jedenfalls prima, Schwesterherz!"

„Na bitte! Klar, ich muss auch erst Dietmar und Carolin darüber sprechen, aber ich kann mir nicht vorstellen, dass sie etwas dagegen haben. Weihnachten im Sommer, das ist doch mal etwas ganz Neues. Außerdem war Oma Frieda immer für uns da – wir sind es ihr einfach schuldig, finde ich. Ich rufe Dich morgen oder spätestens übermorgen an, bis dahin sollten wir das geklärt haben."

„Tu das bitte, und ich telefoniere mit Mama und frage sie, was sie davon hält", nahm Susanne sich vor.

Bei diesem Anruf stellte sich heraus, dass Mama Lissy von dieser Idee ihrer Töchter sogar hellauf begeistert war.

„Papa wird das sicher ulkig finden, aber er ist bestimmt auch damit einverstanden, schließlich geht es doch darum seiner Mutter womöglich ihren letzten Herzenswunsch zu erfüllen", meinte sie.

Auch die Ehemänner ihrer Töchter wollten in diesem Fall keinesfalls Spielverderber sein, und beide versprachen sofort, eines ihrer Urlaubswochenenden für diese ganz und gar ungewöhnliche Aktion zu opfern.

„Einfach nur super!", so kommentierte auch Melanies Tochter Carolin diesen Vorschlag. „Aber Weihnachten ganz ohne Geschenke, das finde ich doof! Es muss ja nichts Großes sein, aber Mama weiß doch immer einiges was ich mir wünsche", setzte sie noch hinzu und grinste spitzbübisch.

Die beiden Jungen Fabian und Timo fanden diese Idee ebenfalls cool, und so wurde dieses Weihnachtsfest im Juli schnell beschlossene Sache. Allerdings bestand Vater Erich darauf, seiner Mutter dieses außerplanmäßige und ganz speziell für sie arrangierte Weihnachtfest, vorerst besser zu verheimlichen, denn sie sollte sich darüber keinesfalls aufregen. Daher mussten die Vorbereitungen dafür in aller Stille ablaufen, was teilweise gar nicht so einfach war. Aber auch diese Hürde würde seine Lissy sicher zu nehmen wissen meinte er, da er schon lange wusste, was für eine patente Frau er an seiner Seite hatte. Ihr Organisationstalent war einfach unschlagbar! So hatte sie mit ihren Töchtern abgesprochen, dass sie für alle eine Kleinigkeit als Geschenk besorgen würde, und dazu erkundigte sie sich vor allem nach den Wünschen ihrer drei Enkel. Sie erstellte danach eine lange Liste, bestellte einiges davon im Internet und schickte Erich in die Stadt, um noch einige wenige Dinge in Läden vor Ort zu besorgen. Sie hatte wirklich alles bis ins kleinste Detail durchdacht. Sie selbst holte den Weihnachtsschmuck vom Boden und gab ihrem Floristen den Auftrag für das geplante Wochenende einen Weihnachtsbaum zu liefern. Der staunte nicht schlecht über diese ungewöhnliche Bitte, wurde allerdings ganz still, als sie ihm den Grund dafür nannte.

„Das finde ich großartig von Ihnen, diesen Wunsch Ihrer Schwiegermutter zu erfüllen", meinte er beeindruckt und versprach ihr, einen besonders schönen Baum auszusuchen und pünktlich vorbeizubringen. Sogar Lissy selbst staunte darüber, wie viel Freude ihr diese Weihnachtsvorbereitungen mitten im Sommer machten.

„Was schenken wir denn eigentlich Deiner Mutter? Hast Du eine Idee, Erich?", erkundigte sie sich eines Abends.

„Darüber habe ich mir auch schon den Kopf zerbrochen, aber mir ist noch nichts eingefallen", gab er verlegen zu.

„Aber eine nette Kleinigkeit, die sollte sie unbedingt bekommen", entschied Lissy und beschloss, noch einmal selbst in die Stadt zu fahren. Sie wollte ohnehin in den nächsten Tagen ihrer Lieblingsbuchhandlung endlich einmal wieder einen Besuch abstatten. Dort würde ihr sicher etwas Passendes in die Hände fallen. Es gab dort eine große Auswahl schöner Geschenkbücher, einige davon waren sicher auch in Großdruck zu bekommen; denn in letzter Zeit ermüdete ihre Schwiegermutter zu ihrem großen Bedauern recht schnell. Ausgerechnet sie, die immer so gern und viel gelesen hatte, das war schon traurig, fand Lissy. Als sie von ihrem Stadtbummel zurückkehrte, war sie sehr zufrieden mit ihren Einkäufen. Für Erich hatte sie den brandneuen Bestseller seines Lieblingsautors erworben und für ihre Schwiegermutter war ihr ein wunderschön illustrierter und mit nur ganz wenig Text versehener Bildband aus deren alter Heimat,

Thüringen, in die Hände gefallen. Der würde Oma Frieda sicher gefallen, so hoffte sie.

„Heute Nachmittag ist der Tannenbaum geliefert worden, er steht auf der Terrasse", mit diesen Worten empfing Erich sie, als sie heimkam. „Stell Dir vor, Herr Kracht hat sogar darauf bestanden ihn uns zu schenken. Er wollte unbedingt auch dazu beitragen Mutter eine Freude zu machen", berichtete Erich. Lissy war sehr gerührt von dieser netten Geste und lief sofort nach draußen, um den Baum in Augenschein zu nehmen.

„Er ist wirklich prächtig gewachsen", stellte sie zufrieden fest.

„Morgen hole ich den Ständer aus dem Keller, dann kannst Du ihn aufstellen, und ich schmücke ihn später, einverstanden?", schlug sie vor.

Natürlich hatte ihr Mann keine Einwände und deshalb wurde es so gemacht. Da die alte Dame inzwischen ihr Zimmer nur noch selten verließ, hatte sie tatsächlich bisher von den Vorbereitungen für dieses Fest noch nichts mitbekommen. Lediglich als zwei Tage später das ganze Haus von den fröhlichen Kinderstimmen ihrer Urenkel widerhallte, wurde sie aufmerksam.

„Die Kinder haben doch Ferien, deshalb haben wir ein Familientreffen organisiert", erklärte Erich ihr.

Damit gab seine Mutter sich zufrieden und freute sich, als nur wenig später ihre Urenkel Fabian und Timo ins Zimmer stürmten, um ihre „Tick-Tack-Oma Frieda", wie sie von ihnen genannt wurde, liebevoll zu begrüßen. Oma Lissy hatte den beiden Jungs vorsichtshalber noch einmal eingeschärft, sich bloß nicht zu verplappern, um die Überraschung nicht zu verderben. Lediglich der kleine Timo fragte, wann sie denn aufstehen wolle.

„Wir holen unsere Tick-Tack-Oma Frieda später ab, damit wir alle zusammen essen können. Nicht wahr, Mutter? Darüber würden wir uns sehr freuen!", fiel Lissy ihm schnell ins Wort. Das versprach Oma Frieda nur zu gern. Allerdings erbat sie sich Lissy´s Unterstützung beim Ankleiden.

„Zu einem solchen Anlass muss ich mich doch fein machen", schmunzelte sie. „Wie schön, dass Ihr alle hier seid!", sagte sie auch zu Susanne und Peter, die ebenfalls neben ihrem Bett standen.

„Aber natürlich helfe ich Dir gern, aber jetzt ruhst Du Dich besser noch ein wenig aus", beruhigte Lissy sie sofort.

Wenig später war auch Melanie mit ihrer Familie eingetroffen. Dietmar, Melanie und Carolin ließen es sich natürlich ebenfalls nicht nehmen, die alte Dame zu begrüßen.

„Wir sehen uns ja später beim Abendessen, nicht wahr?", fragte Carolin leichthin ihre Urgroßmutter

„Ganz bestimmt, ich freue mich schon darauf!"

Die beiden Zimmer ihrer Töchter hatten Lissy und Erich nach deren Auszug in Gästezimmer umgewandelt, und so wurden von Susanne und Melanie erst einmal die Koffer ausgepackt, während ihre Kinder bereits draußen im Garten tobten, und Erich mit seinen zwei Schwiegersöhnen auf der Terrasse ein kühles Bier trank.

„Der Baum sieht toll aus, Mama!", lobte Susanne ihre Mutter und Melanie ergänzte: „Wenn es nicht so warm wäre, dann könnte ich glatt denken, es wäre heute wirklich Heiligabend!" Da aber nicht nur Lissy daran gedacht hatte, für diesen besonderen Tag einige Geschenke zu besorgen, türmte sich schon bald eine stattliche Menge bunter Weihnachtspäckchen unter der nach Wald duftenden und hübsch geschmückten Tanne. Melanie und Susanne halfen ihrer Mutter den großen Esstisch auszuziehen und festlich einzudecken, denn zu einem solchen Tag gehörte selbstverständlich auch das beste Geschirr, die schönen Kristallgläser und das alte, schwere Silberbesteck hatte Erich, natürlich unter Lissy's fachfraulicher Anleitung, auch frisch geputzt. Es sollte schließlich alles so sein, wie die Familie es von jeher zu Weihnachten gewohnt war.
„Auf die obligatorische Weihnachtsgans mit Knödeln und dem Rotkraut habe ich allerdings bewusst verzichtet", bekannte Lissy.

„Ja, das ist besser, das würde uns bei diesen Temperaturen bestimmt nicht schmecken!", gab Dietmar ihr recht.

„Was gibt es denn stattdessen?", erkundigte sich Peter, der gern gut aß und die Küche seiner Schwiegermutter durchaus zu schätzen wusste.

„Lass Dich doch einfach überraschen", gab Lissy zur Antwort, bevor sie in der Küche verschwand. Ein spezieller Eintopf, den sie bei der letzten Nachbarschaftsfete serviert hatte, brodelte schon auf dem Herd und die Pizzas für die Kinder hatte sie auch zu einer passenden Uhrzeit bestellt, denn schließlich kannte sie auch die Vorlieben ihrer Enkel. So hoffte sie, dass alle zufrieden sein würden. Zum Nachtisch sollte es Eis geben, natürlich selbstgemacht, denn so ein Früchte-Sorbet war nicht nur leicht und lecker, sondern außerdem bei diesem Wetter sicher genau das Richtige zum Abschluss eines gelungenen Essens vor der großen Bescherung.

So gerüstet ging Lissy rechtzeitig zu ihrer Schwiegermutter, um ihr, wie versprochen, beim Aufstehen und Ankleiden zu helfen. Ihr generalstabsmäßig organisierter Zeitplan klappte vorzüglich, und daher saß Erich´s Mutter am frühen Abend glücklich im Kreise ihrer Lieben.

„Ach ist das schön, Euch alle mal wieder hier zu haben", seufzte sie zufrieden und strahlte.

Langsam wurden die Kinder unruhig und fingen an hin und her zu zappeln, so hob Lissy die Tafel auf.

„Komm Mutter, wir haben noch eine kleine Überraschung für Dich", mit diesen Worten zog Erich seine Mutter vom Stuhl hoch und geleitete sie vorsichtig zu der hölzernen Schiebetür, die den großen Wohnraum vom Esszimmer trennte. Peter und Dietmar waren schon aufgestanden und zogen, auf sein Nicken hin, gemeinsam die aufwändig geschnitzte Eichentür auseinander, und der geschmückte Weihnachtsbaum kam in Sicht.

„Fröhliche Weihnachten, Mutter!", sagte Erich und küsste sie auf die Wange, bevor er

ihr half, in dem großen Ohrensessel am Fenster Platz zu nehmen. Auch alle anderen umarmten sich und wünschten einander ein frohes Fest. Völlig perplex, aber sehr gerührt, strahlte Oma Frieda sie alle an. Sie fand in diesem Augenblick keine Worte, um ihre große Freude über diese gelungene Überraschung auszudrücken, aber alle verstanden sie auch so. Wieder einmal war es der kleine Timo, der den Moment rettete, indem er verkündete: „Wir haben auch noch ein Geschenk für Dich, Tick-Tack-Oma!"
Stolz überreichte er ihr ein kleines, hübsch eingewickeltes Päckchen. Das war genau das Stichwort, auf das die Kinder gewartet hatten. Damit begann allgemein das große Auspacken, und alle suchten nach den Päckchen, auf denen ihr Name stand. Glücklich sah Oma Frieda zu, wie sich ihre Familie über die liebevoll ausgesuchten Geschenke freute, während im Hintergrund eine CD mit Weihnachtsliedern lief und der Baum im festlichen Kerzenlicht erstrahlte – und das alles im Juli! So entspannt wie heute war sie schon lange nicht mehr gewesen.

Fast hatte sie ihre Schmerzen, die sie niemals ganz verließen, obwohl ihr Hausarzt sie medikamentös wirklich sehr gut eingestellt hatte, tatsächlich vergessen.

„Danke Lissy, das hast Du wundervoll gemacht!", lobte Erich seine Frau, denn er wusste, sie hatte den allergrößten Teil der Arbeit und Vorbereitungen für dieses gelungene Fest gehabt. „Bedank Dich bei Doktor Campe, von dem kam letztlich die Anregung dafür", gab Lissy bescheiden zurück.

„Klar, das mache ich schon noch, keine Sorge", beruhigte sie ihr Mann.

Außerdem hatte Erich sich vorgenommen, gleich am Montagmorgen beim Floristen den allerschönsten und größten Rosenstrauß, den er nur bekommen konnte, für seine Lissy zu kaufen, den hatte sie wahrlich verdient! Beide blickten zu seiner Mutter hinüber, auf deren Gesicht noch immer ein glückseliges Strahlen lag. Sie wussten, dieses einzigartige Weihnachtsfest würde bestimmt allen aus der ganzen Familie für immer in besonderes lebhafter Erinnerung bleiben!

Ein unvergessliches Krippenspiel

„Frau Pastorin, wir wünschen uns in diesem Jahr ein ganz modernes Krippenspiel!", so informierte mich Lara, als ich mit den Kindern gegen Ende des Sommers bereits mit den Vorbereitungen für unser jährliches Krippenspiel beginnen wollte. Im Prinzip war dagegen ja nichts einzuwenden, also stimmte ich zu und bat alle, sich schon einmal ein paar Gedanken darüber zu machen, wie das denn aussehen sollte, denn der Inhalt der Weihnachtsgeschichte ist ja letztlich vorgegeben, und daran würde sich selbstverständlich auch nichts ändern. Aber ich hätte niemals mit der überbordenden Kreativität meiner Truppe gerechnet!

In diesem Jahrgang waren die Mädchen eindeutig in der Überzahl, also mussten auch die Rollen der heiligen drei Könige weiblich besetzt werden. Eigentlich kein allzu großes Problem, so dachte ich jedenfalls, aber dann kam die Überraschung. Miriam schlug nämlich vor, dass statt der heiligen drei

Könige dieses Mal drei Königinnen das Jesuskind besuchen sollten. Im Zeitalter der Emanzipation müsste das doch möglich sein, so argumentierte sie, und alle stimmen ihr sofort begeistert zu. Etwas ungewöhnlich fand ich diese Idee schon, aber eigentlich warum nicht? Also wurde es so beschlossen und Sarah forderte sogleich die Rolle des Königs Balthasar für sich.

„Das passt doch, ich bin Königin Sarah und Naomi muss die dunkle Kasparina spielen!", bestimmte sie weiter.

Naomi hat eine weiße Mutter und ihr Vater kommt aus dem Kongo, daher hat sie eine zart bronzegetönte Haut. Mit ihren großen, seelenvollen, dunklen Augen ist sie ein sehr nettes, sanftes und auch hübsches Mädchen. Außerdem ist sie die beste Freundin der forschen Sarah. Sie würde eine wunderbare Königin abgeben, und diese Rolle schien ihr auch zu gefallen. Blieb also nur noch an Stelle von König Melchior die letzte Königin zu erwählen.

„Wer von Euch hat denn Lust dazu?", fragte ich in die Runde, und sofort meldete sich Miriam.

„Das würde ich gern übernehmen."

„Na gut, dann ist das ja schon mal geklärt", freute ich mich.

„Den Verkündigungsengel möchte ich gern spielen", meldete sich Sophia zu Wort, und da niemand widersprach, war auch das beschlossene Sache.

„Könntest Du nicht unsere Maria sein?", fragte ich Lara, die mit ihrem langen, dunklen Haar meiner Vorstellung einer jüdischen jungen Frau sehr nahe kam. Sie überlegte einen kurzen Augenblick und stimmte dann zu. Auch für die Hirten und die unbarmherzigen Wirtsleute fanden sich Darsteller, und somit hatten wir unsere Schauspieltruppe sogar relativ schnell zusammengestellt. Besonders Kai und auch Marcel waren froh als Hirten nicht allzu viel sagen zu müssen. Unterstützt wurden sie von Rebecca, die sich als weibliche Hirtin zu ihnen gesellte. Rebecca, die von allen nur Becky genannt wird, steuerte etliche kreative Textideen bei, denn auch jeglichen vorformulierten Wortlaut lehnte meine Gruppe in diesem Jahr kategorisch ab. Da wir noch Zeit genug hatten, bis wir mit den Proben beginnen mussten, hatte ich mich dazu überreden lassen, auch die Dialoge mit den Jugendlichen gemeinsam zu erarbeiten. Es sollte eben ein ganz anderes Krippenspiel werden als in den Jahren zuvor – und das wurde es tatsächlich!

Die Proben verliefen bestens, weil meine Kinder alle buchstäblich mit Feuereifer bei der Sache waren, und endlich kam unsere lang ersehnte Premiere, der Heilige Abend. Wie üblich war die Kirche an diesem Tag sehr voll, und alle waren natürlich aufgeregt – ich auch! Außerdem war ich echt stolz auf meine phantasievolle Truppe, denn auch die Kostüme, die wir mit Hilfe der Mütter auf die Beine gestellt hatten, konnten sich sehen lassen. So trug Sophia als Engel das umgearbeitete Hochzeitskleid ihrer Mutter. Ihre Eltern hatten sich zwei Jahre zuvor getrennt, und so fand Frau Simon es absolut in Ordnung, dieses inzwischen ungeliebte, nostalgische Erinnerungsstück noch einmal einem „besseren Zweck zuzuführen", wie sie es nannte. Mit ihrem langen, blond gelockten Haar, und in dem zauberhaften Spitzenkleid war Sophia ein wunderschöner Verkündigungsengel, der sich sichtlich wohl fühlte in seiner Rolle. Die drei Königinnen waren ebenfalls von ihren Müttern prächtig ausgestattet worden. Nur den Vorschlag von Till, seine kleine Schwester, die gerade einmal vier Wochen alt war, als lebendiges Jesuskind in die Krippe zu legen, den hatte ich energisch abgeschmettert. Das mochte ich weder dem Baby noch der Mutter zumuten.

Als ich schließlich vor meiner Gemeinde stand und ein ganz besonderes Krippenspiel ankündigte, beschlich mich doch ein etwas flaues Gefühl bei dem Gedanken, ob unsere überaus moderne Inszenierung bei allen Gemeindemitgliedern gut ankommen würde. Aber für solche Zweifel war es ja nun zu spät; und forderten die Leute nicht ohnehin ständig, dass unsere Kirchen sich mehr den modernen Zeiten öffnen müssten? Nun, wir hatten es getan, und das Ergebnis blieb abzuwarten. Also zog ich mich auf meinen Platz hinter der Kanzel zurück und überließ den Kindern den Altarraum.

Ein Raunen ging durch die Menge, als der Engel Sophia hervortrat. Sie sah wirklich hübsch aus, war sehr textsicher und strahlte obendrein wie ein echter Engel. Dann nahm die Geschichte ihren Lauf. Maria und Josef baten überall um Obdach, wurden mehrfach abgewiesen und landeten schließlich in dem Stall, in dem später das göttliche Kind geboren wurde. In der nächsten Szene betraten die Hirten die Bühne. Kai, als Oberhirte, überreichte den glücklichen Eltern ein kuscheliges Spielzeuglämmchen – als Geschenk von ihm und seinen Kollegen. „Das wird Euer Baby wärmen und Euch später zusätzlich noch Milch und Wolle schenken", sagte er dazu.
Becky zog ein winziges Paar gestrickter Socken unter ihrem Umhang hervor und

drückte es Josef mit den Worten in die Hand: „Eigentlich habe ich es ja für mein Baby, das auch bald kommen wird, gestrickt, aber bis dahin schaffe ich es sicher noch einmal ein weiteres Paar zu machen; Ihr sollt es haben."

Josef betrachtete die kleinen Strümpfe, zeigte sie seiner Frau Maria und hielt sie anschließend in die Höhe, damit alle sie sehen konnten. Dann bedankte er sich herzlich bei der großzügigen Spenderin.

„Wann ist es denn bei Dir soweit?", erkundigte Maria sich freundlich bei der Hirtin.

Hoppla, auch das stand nicht im offiziellen Textbuch, dachte ich irritiert, während Rebecca antwortete: „In einigen Wochen schon…"

Ein Blick in die Gesichter meiner Gemeindemitglieder zeigte mir, dass die meisten diese unerwartete Ergänzung sehr amüsant fanden – zum Glück. Dann erschienen die drei Königinnen auf der Bildfläche und wieder ging ein erstauntes Raunen durch die Menge als klar wurde, dass es tatsächlich weibliche Besucher waren, die kamen, um den Heilsbringer dieser Welt zu begrüßen und anzubeten. Und wieder einmal musste ich ganz tief durchatmen, als von Sarah, außer dem abgesprochenen Text, auch noch diese zusätzlichen Worte an mein Ohr drangen: „Liebe Maria, ich hätte Dir ja gern eine Packung Pampers mitgebracht, aber die werden leider erst cirka zweitausend Jahre später zu haben sein!"

Dabei grinste sie spitzbübisch in meine Richtung. Jetzt lachte die ganze Gemeinde aus vollem Hals über diese Extraeinlage. Also lachte ich mit, und am Ende gab es tatsächlich spontan einen Riesenapplaus für meine Kinder. Gerührt stand ich daneben, und als ich am Ende dieses ungewöhnlichen Familiengottesdienstes an der geöffneten Kirchentür die Besucher verabschiedete, da hörte ich noch manche nette Bemerkung über unser Krippenspiel.

„Frau Pastor, das war aber mutig von Ihnen mit den Kindern eine solche Aufführung einzustudieren", hieß es oder „einfach toll, dieses Krippenspiel wird mir sicher in ewiger Erinnerung bleiben!"

Später gestanden mir Becky und Lara, dass sie mich teilweise ganz bewusst nicht eingeweiht hatten, weil sie befürchteten, dass ich einige ihrer textlichen Ergänzungen sicher schon im Vorfeld ausgebremst hätte. Wahrscheinlich hatten sie damit sogar recht, aber trotzdem war es in jedem Fall eine sehr gelungene Aufführung gewesen, auch darin waren wir uns alle einig! Außerdem würde der diesjährige Weihnachtsgottesdienst ganz bestimmt in etlichen Familien noch lange für Gesprächsstoff sorgen.

Brigitta Rudolf

Die Autorin lebt mit ihrem Mann und Kater Jonny am Südhang des Wiehengebirges in einer kleinen Kurstadt. Nach den bisher erschienenen Büchern mit Tiergeschichten, den Schmunzelkrimis und einem Weihnachtsbuch liegt hiermit jetzt ein zweiter Band mit je weiteren vierundzwanzig Weihnachtsgeschichten vor.

Auf Wunsch und Anregung vieler Leser spielen diesmal auch etliche Haustiere eine Rolle.

Weitere Tiergeschichten und Katzenmärchen sind in Vorbereitung, sowie auch Kurzgeschichten zu verschiedenen anderen Themen.

Bisher von Brigitta Rudolf erschienen:

Katze für Anfänger
88 Seiten / 10 Fotos
Taschenbuch 7,90 € / eBook 4,99 €
ISBN 978 733 577 4316

Jonny Appetito
Ein Kater, wie er im Buche steht
192 Seiten / 12 Fotos
Taschenbuch 12,90 € / eBook 4,99 €
ISBN 978 373 479 1321

Pfötchenspuren
252 Seiten / 16 Fotos
Taschenbuch 13,50 € / eBook 4,99 €
ISBN 978 374 128 8197

Weihnachten…alle Jahre wieder
248 Seiten
Taschenbuch 11,50 € / eBook 4,99 €
ISBN 978 374 128 8197

Kriminelle und andere Machenschaften
316 Seiten
Taschenbuch 12,90 € / eBook 4,99 €
ISBN 978 374 482 3418

Katzenträume
156 Seiten
Taschenbuch 11,90 € / eBook 4,99 €
ISBN 978 374 483 2960